Erich Fried

Das Unmaß aller Dinge

Fünfunddreißig Erzählungen

Verlag Klaus Wagenbach Berlin

Quartheft 116

Umschlagfoto von Rainer Groothuis
Satz und Druck Poeschel & Schulz-Schomburgk, Eschwege
Gesetzt aus der Korpus Linotype Janson
Bindung Hans Klotz, Augsburg
 Printed in Germany
ISBN 3 8031 0116 6

Inhalt

Die grüne Garnitur

Sie war schon immer da, fast wie die blaue Wolldecke im Kinderzimmer und die goldenen Punkte an der Tapete über dem Gitterbett. Nur konnte man die Punkte und die Decke jeden Tag mit dem Finger berühren, die grüne Garnitur aber nicht, denn sie stand im Salon. Dort durfte ich nur selten hinein, und nie ohne Erwachsene. Was sie so an Vertrautheit verlor, das gewann sie an Bedeutung, und ich erinnere mich noch, daß ich lange Zeit die Worte ›die grüne Garnitur‹ nie aussprechen konnte, ohne zuvor und nachher tief Atem zu holen.

Die grüne Garnitur bestand aus einem Sofa mit erhöhter Rückenlehne, zwei Stühlen und zwei Sesseln mit geschweiften Armstützen, von denen der eine wackelig war und manchmal, wenn man sich auf die richtige Schaukelbewegung verstand, kleine Pfiffe ausstoßen konnte.

Obgleich ich nur die Augen schließen muß, um die alten Möbel deutlich vor mir zu sehen, fällt es mir schwer, ihren Stil anzugeben; vielleicht hatten sie eigentlich gar keinen Stil oder zu viele Stile. Ich weiß nur, daß sie aus gebogenem Holz gemacht waren, mit gelblichbraunem Furnier belegt, das an manchen Stellen kleine Risse und Sprünge aufwies, und daß sie mit haarig grünem schnörkelig gemustertem Plüsch gepolstert waren.

An diesen Möbeln konnte man sich aufrichten, wenn man auf allen Vieren über den Teppich gekrochen kam, und die Sessel standen nicht zu weit voneinander, um meine ersten Gehversuche mit knapper Not gelingen zu lassen. Auf dem einen Sessel saß meine Urgroßmutter. Sie lächelte und hielt mir als Stütze ihren Stock entgegen. Später waren die Möbel der grünen Garnitur nicht mehr so groß, und man konnte sogar, wenn nicht aufmerksame Erwachsene einen davon abhielten, auf den Sitz klettern, sich an die Lehne halten und dann mehrmals aufhüpfen, daß alles staubte und stöhnte.

Aber das ging nicht, wenn meine Großmutter im Salon war: sie packte mich an der Hand, führte mich in die Mitte des Zimmers und zeigte der Reihe nach auf die goldgerahmten großen Ölbilder an der Wand: »Schämst du dich nicht? Der Onkel Leo und der Onkel Max haben die Möbel jahrelang gehabt, und von ihnen hat sie der Vater geerbt – dein Urgroßvater! – und *du* wirst sie jetzt ruinieren!« – Und ich schämte mich, denn ich mochte die Alten an der Wand gern. Wenn ich auch nicht die von mir erwartete Angst vor ihnen hatte, so wollte ich sie doch nicht traurig machen; und ich liebte die grüne Garnitur.

Aber die grüne Garnitur ließ sich nicht nur als Sprungbrett oder als Rohmaterial für den Bau von Zimmerburgen oder Schanzen verwenden; nein, man konnte mit ihr auch so geräuschlos spielen, daß einen niemand aus dem Salon holen mußte; man konnte zärtlich zu ihr sein, mehr noch als zu den beiden Teddybären und zur Hanswurstpuppe.

Wenn man das Furnierholz ganz aus der Nähe ansah, glänzte und blinkte es, besonders an Tagen, an denen Käthe abgestaubt hatte. An manchen Stellen konnte man bei günstigem Licht sogar das eigene Gesicht erkennen, gespiegelt in komisch verzerrten Grimassen. Hauchte man das Holz an, so vergingen Glanz und Spiegelbild, alles wurde matt. Aber nach drei oder sechs Augenblicken schrumpfte das matte Feld von den Rändern her wieder ein, und das Holz begann zu glänzen wie zuvor.

Nur wenn man allzu stark gehaucht hatte, blieb Atem auf dem gelben Furnier zurück, auf das man dann mit dem Finger zeichnen konnte wie auf ein beschlagenes Fenster. Auch der grüne Plüsch, der sich streicheln ließ wie ein Tier, war zum Zeichnen gut. Er war glatt und weich, wenn man ihn nach der einen Richtung streichelte, und er war rauh und kratzte wie die Zunge der alten Katze in Gaden, wenn man die Hand gegen den Strich bewegte. Gegen den Strich war sein Grün dunkler, so konnte man auf den Plüsch mit dem Finger zeichnen, dunkelgrün gegen fahlgrau; weniger deutlich als auf Holz, dafür aber war die Plüschfläche größer als der Raum für die Furnierbilder.

Später durfte man auf den Plüsch des Sessels, der pfeifen konnte, nicht mehr zeichnen. Er hatte einen Riß bekommen. Um den Riß zu verbergen, lag eines der Sofakissen darauf. Kamen Gäste, so setzte sich meine Großmutter immer schnell auf diesen Sessel, um eine Entdeckung des heimlichen Schadens zu verhindern, zu dessen ordentlicher Behebung es damals schon an Geld fehlte. Dafür bot der beschädigte Sessel andere Möglichkeiten. Einige blinkende messingköpfige Ziernägel waren locker, die konnte man heimlich herausziehen, dahinter ein Stück Gurt abheben und ins staubige Sesselinnere schauen.

Noch später kamen die Männer vom Steueramt, setzten sich breit in den Salon, führten kühle Verhandlungen mit einem der Erwachsenen, sprachen von Pfändung und klebten weiße Vogelmarken auf das glatte Holz. Dann durfte ich mir mit Großmutters voller Zustimmung an der grünen Garnitur zu schaffen machen. Ich durfte die Marken anfeuchten und von den Möbeln ablösen, fein säuberlich, daß an dem gelbbraunen Holz keine Spur von ihnen zurückblieb. – »Wenn es das Kind war, das sie heruntergerissen hat, kann man doch uns nichts tun«, sagte meine Großmutter. Sie lächelte dabei über die ganze Garnitur hin und her, denn sie hielt den Kopf nicht still wie sonst.

Es waren aber nur unscheinbare weiße Marken; der Vogel war nicht bunt gemalt, sondern schwarz gezeichnet. Die Schrift war dürr. Das war lange nicht so schön wie die bunten Briefmarken, die ich zu sammeln begonnen hatte, aber es waren doch Marken, und ich klebte sie vorläufig auf die leere letzte Seite meines Albums, denn sie hatten keinen Poststempel. Für Briefe werden sie noch nicht verwendet, hatte man mir gesagt.

Wenn ich weiße Marken bekam, mußte ich gewöhnlich einige Tage später Großmutter, die damals schon schlecht sah, in einen kleinen Laden führen, in dessen Schaufenstern alte Münzen, nachgedunkelter Schmuck und dazwischen verirrte Goldzähne auf Samt lagen. Er war verblichen, aber er war echter blauer Samt und beim Streicheln noch weicher als der grüne Plüsch der Garnitur. Dort im Laden kramte Großmutter seufzend und ganz langsam in Seidenpapier gehüllte Gegenstände aus ihrer Tasche, zählte dann mit befeuchtetem Finger das Papiergeld, ehe sie es einsteckte und sagte beim Hinaustreten an die Luft der hellen Straße immer zu mir: »Wieder ein Stück weniger.« Die grüne Garnitur blieb im Salon stehen. Die Marken, die nötig gewesen wären, um sie wegzuschicken, hatte ich in meinem Album.

Um 1930, als ich noch in die Grundschule ging, wurde uns der elektrische Strom gesperrt. Wir hatten zwei Jahre lang nur Kerzen und Petroleumlampen. Damals verdarb ich mir die Augen, und die grüne Garnitur litt unter dem tropfenden Wachs. Den seltenen Gästen erzählte man gewöhnlich etwas von Kurzschluß, und sie überstürzten sich in Versicherungen, das mache doch gar nichts, im Gegenteil, Kerzenlicht sei romantisch. Sie gingen meist bald, noch bevor es zu dämmern begann.

Der Sessel, der schon seit Jahren am lautesten geknarrt und gepfiffen hatte, brach damals endgültig zusammen. Er wurde aus der Wohnung entfernt. Käthe trug ihn zum alten Gerümpel auf den Dachboden hinauf, für sie war es ein Stück weniger zum Abstauben. Sie sang dabei: »Es zog ein Regiment vom Ungarland herauf«. Aber nicht ein einziger Soldat kam mit auf den Dachboden, nur meine Großmutter ging Käthe langsam nach, sah zu, wie der Sessel in Käthes Händen höher und höher die Bodentreppe hinauftorkelte, zuckte zusammen, wenn er an die Mauer stieß, betrachtete ihn noch einmal an seinem Ruheplatz zwischen dem alten Bodenkram und stand dann unschlüssig da, als müsse sie ihm drei Handvoll Staub nachwerfen, wie sie es bei Onkel Dio getan hatte. Dann erst merkte sie, daß ich ihr nachgeschlichen war und jagte mich laut schimpfend wieder in die Wohnung hinunter.

Als ich ins Gymnasium ging, wurden die dringlichsten Schulden bezahlt. Es gab wieder elektrisches Licht und ein elektrisches Bügeleisen. Die Familie strengte sich an, den Hausstand wieder ins richtige Gleis zu bringen. Damals wurde beschlossen, ein Zimmer zu vermieten. Allerlei Bilder, Möbel und Teppiche wurden in dieses Zimmer getan, darunter auch die grüne Garnitur. Mir war das nicht lieb, denn seit kurzem hatte ich mir das Recht erworben, meine Freunde und auch ein Mädchen, das ich in den Sommerferien kennengelernt hatte, in den Salon zu führen; außerdem war es manchmal, wenn ich in trübseliger Stimmung war, gut, leise in den Salon zu gehen und dort inmitten der Pracht goldgerahmter Ölbilder und grünlicher Spiegel irgendeinen alten, in Leder gebundenen Schmöker zu lesen. Ohne die grüne Garnitur aber war der Salon trotz Spiegelschrank und Schaukelstuhl nicht mehr der Salon.

Auch meiner Großmutter ging es gegen den Strich. Sie ging immerfort um die Möbel herum, und nachher konnte ihr den ganzen Tag über niemand etwas rechtmachen.

Aber wir waren keine erfahrenen Zimmervermieter. Nach ein, zwei Wochen stellte sich heraus, daß unser Mieter die grüne Garnitur gar nicht zu würdigen wußte und ihr die Eßzimmerstühle vorzog. Wir hatten in den letzten Jahren meist ohnehin in der Küche gegessen, und so lag uns nicht viel an den Eßzimmerstühlen. Die grüne Garnitur aber schleppten meine Großmutter und ich im Triumph in den Salon zurück.

Das Mädchen konnte wieder in den Salon kommen, wenn es mich besuchte, und auch von Schicksalsschlägen konnte ich mich wie früher auf dem Sofa der grünen Garnitur erholen. Gegen alle Schicksalsschläge half das aber auch nicht. Als das Mädchen Wien verließ, weil ihre Eltern meinten, Österreich sei ein Land ohne Zukunft, es werde genau so kommen wie in Deutschland, und sie mit ihnen nach Amerika fuhr, mußte ich mein Gesicht tief in die Sofakissen vergraben, und auch dann wurde ich nicht ruhig, nur müde. Aber wenn man müde war, begann der grüne Plüsch zu wirken. Er hatte den staubigen Duft des Salons und, wenn man lange auf ihm lag, so daß sich das Holz des Sofas erwärmte, noch einen Rest vom scharfen Geschmack des längst vertrockneten Furnierleims. Außerdem hatte die Polsterung im Lauf der Jahre Duft und Parfum all der Menschen angenommen, die ihr in die Nähe gekommen waren. So mußte man nur die Augen zumachen und konnte dann aus den zahllosen Eindrücken einen tröstlichen heraussuchen. Auch das half.

Nach einigen Jahren begann meine Mutter, mit ihren Kleiderentwürfen Erfolg zu haben; sie brachten Geld ins Haus. Wir mußten kein Zimmer mehr vermieten, und nach und nach fing meine Mutter sogar an, größere Anschaffungen zu machen. Auch Möbel kaufte sie, bei einer Versteigerung, eine Biedermeiergarnitur. Die grüne Garnitur wollte sie verkaufen; sie sei alt und schäbig und zu nichts mehr gut.

Da stand meine Großmutter mitten im Salon, der sehr unordentlich aussah, weil die Männer die grüne Garnitur in einen Winkel gedrängt und an ihrem bisherigen Platz die neuen Biedermeiermöbel abgeladen hatten. Nun stand die kleine alte Frau zornig vor den wackeligen Plüschmöbeln, jede Hand an eine Stuhllehne geklammert, und erklärte: »Solange ich lebe, bleibt die grüne Garnitur im Haus. Was ihr dann tut, geht mich nichts mehr an.«

So wurde die grüne Garnitur nicht verkauft. Sie wanderte nur aus dem Salon ins dritte Zimmer, in dem der Mieter gehaust hatte. Ich hielt mich seither mehr als zuvor im dritten Zimmer auf.

Am 11. März 1938 zog Hitler in Österreich ein, am 24. April wurden meine Eltern verhaftet. Während der Haussuchung saß die ganze Familie auf der grünen Garnitur, bewacht von zwei Polizisten. Dann blieb ich allein mit meiner Großmutter zurück. Wir saßen noch zwei oder drei Minuten wortlos da, ich streichelte den Plüsch. Bei der Haussuchung waren zuletzt hunderte Bücher von ihren Gestellen genommen, nach Geldscheinen und Aufzeichnungen durchblättert, geschüttelt und zu Boden geworfen worden. So war das Zimmer vom feinen Bücherstaub erfüllt, der die durch den Vorhang einfallenden Sonnenstrahlen sichtbar machte, in ihnen selbst sichtbar wurde und sich langsam auf alles niederließ, auf den Parkettfußboden, auf die wirr aufgehäuften Bücher, auf unsere Hände und unser Haar, auf unsere Zungen und in unsere Nasen, auf den Plüsch, auf das blinkende gelblichbraune Holz und in alle Ritzen und Ecken der grünen Garnitur.

Einen Monat später, am 24. Mai, wurde mein Vater nach Hause gebracht. »Wieder einer weniger«, sagte der eine Polizist. Er schien auf Antwort zu warten und sah die Bilder und die Möbel an. Aber niemand gab Antwort. Dann ging er wieder. Mein Vater mußte auf das Sofa gelegt werden; er versuchte eine Zigarette zu rauchen und lag keuchend und laut röchelnd auf dem grünen Plüsch, bis der alte Hausarzt kam, ihm eine Kampferinjektion gab und ihn ins Krankenhaus schaffen ließ. Er starb am selben Abend; man hatte ihm bei einem Verhör die Magenwand eingetreten.

Am nächsten Tag sah ich das Sofa an, auf dem er zuletzt gelegen hatte. Ich konnte noch deutlich die schmutzigen Vertiefungen sehen, wo seine Schuhabsätze sich in den Plüsch eingegraben hatten. Sonst hatte, glaube ich, seit den

Tagen, in denen ich als Kind krähend auf den Möbeln herumgehüpft war, kein Mensch die morsche Polsterung mit den Schuhen berührt. Aber sie hatten diese Prüfung gut bestanden. Die Vertiefungen ließen sich glätten; den Straßenschmutz bürstete die Großmutter bedächtig weg.

Als der Hausverwalter sich weigerte, die Kündigung zurückzunehmen und es klar wurde, daß wir die Wohnung verlassen mußten, war es meine Großmutter, die sagte: »Du wirst auch die grüne Garnitur verkaufen müssen.« – Ich nickte und sah sie an. Ihr Gesicht war ruhig. »Es spielt keine Rolle mehr«, sagte sie. Sie war damals über siebzig Jahre alt und fast blind. Die Prismen des Lüsters, der mit den Möbeln aus dem Salon ins dritte Zimmer übersiedelt war, spiegelten die grüne Garnitur und brachen zugleich das grelle Sonnenlicht zu einer Vielfalt von Farben und Strahlenfiguren, wie wenn man mit Tränen in den Augen blinzelt.

Eine Woche später fand sich ein Käufer, ein Metallarbeiter. »Wissen Sie, ich hab nicht viel Geld«, sagte er zu meiner Großmutter, »aber ausnützen möchte ich Ihre Lage nicht. Sie brauchen nicht zu glauben, daß mir das alles recht ist, was da jetzt geschieht«. – Er machte eine verlegene Handbewegung und bot dann fast doppelt soviel wie der Möbelhändler. Er wohnte in der Nähe und holte die Möbel einzeln ab, um Transportkosten zu sparen. Immer wieder öffnete ich die Wohnungstüre, schloß sie dann hinter ihm und seiner Last und ging ins Zimmer zurück, das leerer und leerer wurde. Wo das Sofa gestanden hatte, war der Fußboden dunkler, aber an der Wand blieb ein heller Fleck zurück. Es spielte keine Rolle mehr, in wenigen Tagen mußten wir ausziehen.

Zuletzt, als die Wohnung schon ganz leer war, zwei Tage vor meiner Abreise nach England, bestand meine Großmutter noch darauf, mit mir einen Rundgang zu machen, um zu sehen, ob nichts vergessen worden sei. Sie selbst übersiedelte zu zwei alten Tanten in einen anderen Bezirk. Koffer und altertümliche Kisten mit allerlei Hausrat und Andenken waren schon dorthin geschickt worden.

Als wir die nackten Zimmer durchschritten hatten, stiegen wir noch auf den Dachboden. Ich mußte meiner Großmutter über die letzte Stufe hinaufhelfen, die doppelt so hoch war wie die anderen. Dann aber fand sie sich trotz ihrer schlechten Augen zwischen dem Gerümpel besser zurecht als ich. So ging sie geradewegs auf den ausgedienten Sessel zu, der dort, wo sein Bein gebrochen war, auf einem vorspringenden Balken des Dachstuhls ruhte. Sie fegte mit einem Lappen den Staub notdürftig von Holz und Plüsch und setzte sich dann breit und gemütlich hin, als säßen wir unten im Salon auf der grünen Garnitur um den ovalen Tisch herum. Sie sagte: »Der ist noch gar nicht so schlecht.« Ich sah sie besorgt an. Sie lächelte.

Ich hatte das fehlende Bein gefunden und blankgewischt. Im schrägen Licht, das durch die Dachluke fiel, glänzte das Furnierholz mit seinen Rundungen und kleinen Rissen. An manchen Stellen konnte ich sogar mein Gesicht erkennen, gespiegelt in komisch verzerrten Grimassen, von denen nicht zu sagen war, ob sie lachten oder heulten. Hauchte man das Holz an, so vergingen Glanz und Spiegelbild, alles wurde matt. Aber nach wenigen Augenblicken schrumpfte das matte Feld von den Rändern her wieder ein, und das Holz begann zu glänzen wie zuvor. Ich wog das Sesselbein in der Hand. Es war gekrümmt und sah aus wie eine alte Keule oder ein sonderbarer starker Knochen, ›eines Esels Kinnbacken . . .‹. Ich hätte das alte Holz wie eine Waffe schwingen und losschlagen müssen, Einer gegen Tausende, gegen Polizeigesichter und Beifallbrüller, gegen Mützen, Armbinden und Stiefel. Aber ich war kein Simson. Ich gab mir einen Ruck und schlug meiner Großmutter vor, den Sessel mit Werkzeugen unserer Nachbarin zu reparieren und ihn ihr nachzubringen. Sie lachte mich aus: »Sei nicht so dumm; du hast Wichtigeres zu tun in deinen letzten zwei Tagen hier.« Dann verließen wir den Dachboden.

Ich fuhr über Belgien nach England. Bis 1942 kamen Nachrichten von meiner Großmutter, dann wurde sie nach Theresienstadt geschickt und ist von dort nicht mehr zurückgekommen. Der Bodenkram des Hauses Alserbachstraße 11 ist im Krieg verbrannt, als unsere Nachbarin aus dem obersten Stockwerk sich selbst und ihre Wohnung mit Benzin übergoß und anzündete. Der Schaden ist längst repariert, das Haus sieht von außen wie neu aus. Bei meinen Besuchen in Wien habe ich es nicht wieder betreten.

Begegnung mit einem schlechten Menschen

An einem schönen Apriltag vor vielen Jahren habe ich in einem 134er Omnibus in London einen für bescheidene Alltagsverhältnisse ungewöhnlich schlechten Menschen getroffen.

Es war eine kleine Frau von etwa 60 Jahren, geschmacklos aber keineswegs dürftig gekleidet, nach Art der ruhigen, kleinbürgerlich-wohlanständigen Leute, die man in den Londoner Vorstädten so häufig trifft. Sie nannte dem Schaffner mit selbstzufriedenem Lächeln ihr Fahrziel. Dann begann die Diskussion.

Der Schaffner zögerte und gab ihr die Karte nicht, er wollte Fahrgeld haben. Sie hingegen behauptete steif und fest, ihm ein Sixpence, eine sehr kleine Silbermünze, gegeben zu haben und verlangte ihre 5-Penny-Karte und einen Penny Wechselgeld. Geduldig erklärte ihr der Schaffner, er stecke eine Münze niemals in die Tasche, ohne zuvor Wechselgeld herausgegeben zu haben, um Irrtümer zu vermeiden. Sie beharrte auf ihrer Behauptung und erhielt schließlich von dem achselzuckenden Mann Karte und Wechselgeld.

Damit gab sie sich aber keineswegs zufrieden. Sie sprach ihre Nachbarin an, klagte bitter über die Unehrlichkeit der Menschen und meinte, man müsse doch gegen diesen Schaffner etwas tun.

Mich ärgerte ihr Gejammer, ich fand in meiner Tasche ein Sixpence, bückte mich, wie um etwas aufzuheben, und gab es der alten Frau mit der Bemerkung, ich hätte es unter ihrem Sitz gefunden. Sie bedankte sich freundlich und steckte die kleine Münze ein. Nun lächelte sie wieder.

»Sie haben also dem armen Mann Unrecht getan«, meinte ihre Nachbarin. Keine Antwort, nur das Lächeln verschwand wieder und machte einem entschlossenen Gesichtsausdruck Platz. Der Schaffner ging vorbei. Sie sagte kein Wort.

»Sollten Sie dem Mann nicht die Sixpence zurückgeben?« fragte ich. Das Lächeln kehrte zurück, abgeklärt, weltweise und ein wenig ironisch.

»Nehmen Sie sich's nicht zu Herzen, junger Mann! – Übrigens, Sie sind doch kein Engländer, nichtwahr?«

»Nein, ich bin kein Engländer. Aber . . .«

»Das habe ich mir gleich gedacht«, erwiderte sie, in recht gutem Englisch, das aber doch verriet, daß auch sie, obwohl seit Jahrzehnten ansässig, so daß sie nun gegen mich die Engländerin herauskehrte, ihre Jugend anderswo verbracht haben mußte. Noch während sie sprach, erhob sie sich, drängte sich gewandt zwischen den Leuten durch; der Schaffner trat zur Seite, und sie stieg aus.

Ein Freund, dem ich diese Episode noch am gleichen Tag empört berichtete, teilte meine Entrüstung gar nicht. »Eigentlich ist alles deine eigene Schuld«, sagte er. »Wenn du nicht versucht hättest, mit deinem Sixpence den lieben Gott zu spielen, wäre das ganze nicht halb so schlimm gewesen. Vielleicht hat die Frau wirklich geglaubt, daß sie ihm das Fahrgeld bezahlt hat, und erst du hast sie nachher in Versuchung geführt. Daß sie sich dann geschämt hat, ihr Unrecht zuzugeben, ist verständlich. Die Schuld aber, sie so in die Enge getrieben zu haben, trägst du selbst.«

Ich fand diese Ansicht überraschend, bestürzend, und ich nahm mir vor, niemals wieder auf solche Art Schicksal zu spielen. Ganz überzeugt war ich aber nicht. Die glatte Selbstsicherheit der Frau, die man miterlebt haben mußte, um einen lebendigen Eindruck von ihr zu haben, schien mir der Annahme meines Freundes doch zu sehr zu widersprechen.

Zuletzt

Optimisten versichern mit ermutigender Beharrlichkeit immer wieder, daß der Geist und die Seele des Menschen nach dem Tod ihre unvollendete Lebensarbeit fortsetzen können. Das Schöne und Bestechende an dieser Ansicht ist ihre menschenfreundliche Erklärung für die verhältnismäßig lange Dauer des Todes im Vergleich zur Kürze des Lebens.

In diesem kurzen Leben nämlich geraten Geist und Seele trotz oder gerade wegen der Kürze der verfügbaren Zeit durch unaufgearbeitetes Material in so große Bedrängnis, daß zu guter Letzt, wenn beide, der Geist und die Seele, sich nicht allzu sehr abhetzen, ja aneinander aufreiben sollen, die längere Zeitspanne vom Tod bis zum Jüngsten Tag nur gerade ausreicht, um wieder halbwegs Ordnung zu schaffen.

Der Präventivschlag

Kein Zweifel mehr: Mein eigener Bruder Kain will mich töten. Ich habe ihn genau gesehen, wie sich sein Gesicht zu einer haßerfüllten Fratze verzog, weil sein Opfer nicht so gnädig angenommen wurde wie meines. Und ich habe die Stimme gehört, die Stimme dessen, dem er und ich Opfer bringen, jeder sein eigenes, wie er Kain wegen seines Zornes zur Rede stellte und ihn vor der Sünde warnte. Daß die Sünde vor seiner Türe ruht und wartet und Verlangen nach ihm trägt. Und was diese Sünde ist, die Kain in sich herumträgt, wie meine Schafe ihre ungeborenen Lämmer, das weiß ich ganz genau.

Lange genug leide ich schon Angst. Ich habe keine Hoffnung, seinen hinterlistigen Angriff abwehren zu können. Ich weiß, Kain ist stärker als ich; er ist nicht nur der Ältere, ich war immer schon schwächer, sondern auch das Umgraben seines Ackers stärkt ihm die Arme und den ganzen Körper weit mehr als mir das Aufziehen und Hüten der Schafe, das meine Arbeit ist. Außerdem hat er seine gefährlichen Geräte, den Spaten und seinen Pfahl mit der scharfen, im Feuer gehärteten Spitze. Und überhaupt, der, der den anderen unversehens überfällt, ist immer im Vorteil.

Und doch ist er, dem wir unsere Opfer bringen, ich die Erstlinge meiner Herden, er seine Ähren und Früchte und sein Grünzeug, nur mir zugeneigt, nicht ihm. Das zeigt schon der Rauch unserer Opfer: Mein Opferrauch stieg, wie immer, geradeaus zum Himmel auf, der seine aber kroch wieder schwer und mit üblem Unkrautfeuergeruch am Boden hin und wollte sich nicht heben. Ich glaube, der Wille, der über uns ist, kann nicht wollen, daß dieser Erdbodenzerhacker auch mich mit seinen staubigen, kotverkrusteten Werkzeugen trifft und zerhackt, als Dünger für sein umgegrabenes Feld, auf dem er vielleicht schon den Boden locker gemacht hat für mein Grab.

Nein, so darf es nicht sein. Ich selbst muß den Vorteil wahrnehmen! Nicht er soll mich, sondern ich will ihn überraschen. Und weiß er Spaten und Pfahl zu handhaben, so habe ich doch mein Steinbeil, mit dem ich meine Herde vor den reißenden Tieren schütze. Er, der mein Opfer gnädig angenommen und das seine verschmäht hat, weiß es: Mein Bruder Kain ist nicht mehr besser als das reißende Raubzeug, das meinen Lämmern und Schafen nach dem Leben trachtet. Ärger noch, denn er hat es nicht auf ein Tier abgesehen, nein, auf mich, seinen eigenen Bruder. Aber er soll sich getäuscht haben!

Da kommt er. Ja, ja; sein Gruß kann mich nicht betrügen. Damit will er mich nur in Sicherheit wiegen, aber die Zeiten sind vorbei. Er soll mir vom Leibe bleiben. Da: Auch das ist ein Anzeichen. Nie noch in letzter Zeit hat er meinen Blick lange ertragen. Und auch jetzt wendet er wieder den Kopf ab und sieht nicht mich an, seinen Bruder, sondern er blickt zurück auf seinen elenden Altar, von dem die Rauchschlange immer noch hinunterkriecht, zu Boden, dunkel und schwer. Jetzt muß es sein! Jetzt, solange er nichts als den unerlösten Rauch sieht...

Wie schnell das gegangen ist; als ob ich es gar nicht getan hätte. Als ob es gar nicht wahr wäre. Aber es *ist* wahr: Da liegt er vor mir, auf dem Boden. Aus. Er wird keine Mordpläne mehr gegen mich hecken. Er wird nicht den Spaten hinterrücks gegen mich heben, und auch nicht den spitzen Pfahl. *Sein* Blut ist es, nicht das meine, das jetzt hier die Vertiefung im Stein füllt, fast wie drüben das Wasser den Tümpel dort, am Weg, auf dem meine Tiere zur Tränke gehen. Der Wille dessen, der mein Opfer angenommen und das seine verworfen hat, ist geschehen! *Seine* Stimme war es, die für mich und gegen ihn entschieden hat...

Ja, seine Stimme. Ich höre sie. Sie spricht laut und vernehmlich. Aber was ruft sie? »Kain«, ruft sie, »Kain, wo ist dein Bruder Abel?«

Hier bin ich, Herr, hier! Hab keine Angst mehr um mich: Hier stehe ich, Abel, dessen Opfer du gnädig angenommen hast. Und Kain, den du verworfen hast, liegt dort hinter mir. Seine eigene Sünde hat sich gegen ihn gekehrt. Ich habe sein Gesicht mit welkem Laub zugedeckt, daß seine starren Augen nicht den Himmel beleidigen.

Nein, Herr: Du irrst. Ich bin *nicht* Kain! Abel ist nicht mein Bruder, das bin ich selbst! Wieso fragst du mich, wo mein Bruder Abel ist? Du irrst dich! Da: ich zeige ihn dir, meinen Bruder. Da liegt er. Ja, gewiß, das ist Kain, wer sonst? Warte: ich nehme das Laub von seinem Gesicht, daß du es selbst ...

Das kann doch nicht sein? Nie im Leben hat er mir so ähnlich gesehen. Fast als ... oder bilde ich mir das nur ein? Aber ich kenne doch mein Gesicht. Da drüben im Tümpel, der alles spiegelt, sehe ich es tagtäglich. Und jetzt soll er wie ich aussehen? Nein, das kann nicht sein. Das kommt mir nur so vor, weil er tot ist. Ich sehe anders aus als er. Ich weiß, ich gehe zum Tümpel: Ich will mein eigenes Gesicht wiedersehen.

Jetzt weiß ich, warum er sich irrt und mich Kain ruft.

Der wahre Grund

Wenn ein Mensch tot ist und, in sein Leichentuch gehüllt, ruhig und ordentlich daliegt, wirkt er ungemein würdig und zugleich friedlich und frei von allem Zwang. Diesem Eindruck kann sich fast niemand entziehen.

Daher kommt es vermutlich, daß vor allem jene Machthaber, die schon viele Menschen in diese Lage gebracht haben, eine Neigung an den Tag legen, von Ruhe und Ordnung und zugleich von Menschenwürde, Frieden und Freiheit zu reden.

Himmelsforschung

Einige gewissenhafte Männer, die sich der Gottesgelehrsamkeit ebenso wie der Erforschung des Zeitgeschehens verschrieben hatten, kamen durch Untersuchung der Ereignisse des letzten Jahrhunderts zum Ergebnis, daß Gott die Geschicke seiner Welten nicht unmittelbar selbst lenkt, sondern diese Aufgabe jeweils für eine gewisse Zeit denen überläßt, die auf dem betreffenden Weltkörper gelebt und in entsprechender Stellung einige Herrschaftserfahrung erworben haben, seither aber wieder in die Ewigkeit eingegangen sind.

Die Erkenntnis, daß es also ehemalige irdische Machthaber sind, die höheren Orts ihre Oberherrschaft über die heute auf Erden Herrschenden ausüben, erwies sich als überaus fruchtbar, nicht nur für die weitere Forschung, sondern auch – wenigstens grundsätzlich – für die Möglichkeit einer Vorhersage der Schicksale unseres Planeten. Sobald nämlich aus Art und Rhythmus der Vorfälle auf Erden ungefähr errechnet werden konnte, wie lange jeder einzelne der ehemals Mächtigen nun vom Jenseits aus seine Oberherrschaft ausübt, war es für die anfangs erwähnten Forscher, die nicht nur über ein umfassendes Geschichtswissen verfügten, sondern natürlich auch noch alle Einzelheiten mit Hilfe von Computern überprüfen konnten, relativ leicht, aus den Zeitereignissen selbst Schlüsse zu ziehen, welcher der aus ihrer geschichtlichen Betätigung bekannten ehemaligen Mächtigen derzeit die Oberherrschaft über diese Welt ausübt und welche Art von Ereignissen daher für den Rest seiner Amtszeit zu erwarten ist.

So war zum Beispiel zur Zeit Noahs nachweisbar zuerst Adam der höheren Orts Verantwortliche und hat das Massenertrinken verschuldet. Das sieht man schon aus Gottes Geleitwort zum Regenbogen, er werde nie wieder eine Sintflut schicken, denn er sehe jetzt, Adams Sinnen und Trachten sei von Anfang an böse gewesen. Das wurde dann freilich wegen des Gleichklangs der hebräischen Worte Adam und Mensch falsch übersetzt »des Menschen

Sinnen und Trachten«, eine Fehlübersetzung, die später auch die Irrlehre von der Erbsünde beweisen sollte, die aber schon deshalb eindeutig unsinnig ist, weil ja sonst Gott die Vernichtung und das Überleben der Menschheit aus ein und demselben Grund beschlossen hätte. Nein, der Satz Gottes vom Dichten und Trachten ist nur ein Beleg für die Absetzung Adams als Oberaufseher.

Doch zurück zu den Himmelsforschungen. Ganz so einfach, wie das auf den ersten Blick anmutet, ist es allerdings nicht, denn, wie besonders Pater Ambrosius Schmidt nachgewiesen hat, schon die Machthaber alter Zeiten standen ihrerseits unter der jenseitigen Oberherrschaft und Kontrolle noch älterer Machthaber. So ist mit an Gewißheit grenzender Wahrscheinlichkeit ermittelt worden, daß die unselige Regierung Neros im alten Rom und sein Ende nicht zuletzt der überirdischen Kontrolle durch jenen Pharao zuzuschreiben waren, der seinerzeit im Roten Meer versank.

Nicht immer herrscht Einmütigkeit bei dem Versuch, die jeweilige Oberherrschaft zu ermitteln. So gab es vor einigen Jahren Meinungsverschiedenheiten zwischen denen, die Stalin und denen, die Wilhelm II. für den augenblicklich Amtsausübenden hielten. Seit etwa mehr als einem Jahr aber sind sich die Sachverständigen einig. Ihr Ergebnis ist eigentlich gar nicht verwunderlich, aber so wenig erfreulich, daß eine sogenannte Initiativgruppe, bestehend aus einer größeren Anzahl im althergebrachten Sinne fortschrittsgläubiger Laien, es einfach nicht wahrhaben wollte und den Sachverständigen die ausgefallensten angeblich wissenschaftlichen Gegenargumente auftischte, bis diese sich gezwungen sahen, mit großem Ernst auf den objektiven und unparteiischen Charakter ihrer Wissenschaft hinzuweisen, und den Zweiflern rieten, doch erst die nächsten Jahre abzuwarten. Dann werde es auch ihnen klar werden müssen, daß derzeit wieder einmal Adolf Hitler die jenseitige Führung innehat.

Krise der Hoffnung

Mit einem Gefühl, das Entsetzen wäre, aber dumpfer und weniger dramatisch ist, ja irgendwie fast einschläfernd, stelle ich fest, daß mich die nie mehr endenden Berichte über Unmenschlichkeiten und Ungerechtigkeiten bei uns und in aller Welt zwar traurig machen und empören, zugleich aber auch langweilen, als wäre nicht nur die Unmenschlichkeit banal, sondern als gäbe es auch etwas wie Banalität der Menschlichkeit. Ich bin sicher, daß diese schändliche Gelangweiltheit geringer wäre, wenn die Hoffnung, irgendetwas Wirksames gegen diese alltäglichen und allnächtlichen Ungeheuerlichkeiten tun zu können, nicht so verschwindend klein sein müßte.

Im 17. oder beginnenden 18. Jahrhundert haben die Untertanen in den Reichen der Christenheit, vom Ottomanischen Reich und anderer Herren Länder ganz zu schweigen, noch wenig Illusionen gehabt, von sich aus den Gang der Geschichte verändern zu können. Diese Hoffnung, erweckt in der zweiten Hälfte des 18. Jahrhunderts und genährt in den folgenden eineinhalb Jahrhunderten, liegt jetzt vielleicht im Sterben. Ich möchte sie um keinen Preis überleben.

Kleingeld

Die 50-Paise-Münze sieht wie eben erst geprägt aus, obwohl sie nach ihrer Jahreszahl, 1975, schon fünf Jahre alt sein muß. Sie zeigt ein sphinxartiges Flügeltier mit mindestens drei – vielleicht löwenhaften – Köpfen. Dieses indische Geldstück ist genauso häßlich wie unsere modernen europäischen Münzen.

Die Verringerung meiner Lebensfähigkeit wird mir dadurch klar, daß ich beim Anblick dieser Münze (mein Sohn David hatte sie in der Küche liegen lassen) zu weinen begonnen habe, weil mir die fingerlose Hand eines indischen Bettlers einfiel, den ich nie gesehen habe, von der mir nur David erzählt hat, wie sie sich ihm entgegenstreckte, und wie der Bettler murmelte: »Paise, Paise.« Seine Hand ist leer geblieben, weil David nicht jedem Bettler etwas geben konnte, und die 50 Paise, die er aus Indien zurückgebracht hat, werden hier irgendwo sinnlos verkommen, und auch meine Tränen werden dem Bettler nicht helfen, und wahrscheinlich überhaupt keinem Menschen. Genau das ist der Grund, aus dem ich es immer schwerer finde, zu weinen aufzuhören. Nein, das stimmt nicht ganz: Es ist nicht der Grund, aber es ist *ein* Grund, einer der Gründe.

*

Wer glaubt, daß Weinen eine Niederlage ist, der kann sich vielleicht nur nicht mehr daran erinnern, wie es ist, zu weinen aufzuhören, ehe es einem möglich ist, sich wirklich auszuweinen. Das ist die eigentliche Niederlage. Was einen da zusammenpreßt, so daß keine Tränen mehr kommen, so daß der Atem so eingeengt wird, daß er einem keine Tränen mehr erlaubt, das kommt nicht von innen. Oder wenn es von innen kommt, sind es schon die Truppen der Außenwelt, die in einen eingedrungen sind und Wache halten, seit langem schon, vielleicht seit Jahren, und die dann dem Weinen ein Ende machen oder einen Ersatz für es vorschreiben. Es wäre besser, nicht mehr aufhören zu müssen zu weinen. Es wäre ehrlicher und vielleicht auch weniger quälend. Sogar die Angst der andern, einen weinen zu sehen, ist nicht nur Mitleid, sondern auch Hilflosigkeit, Ratlosigkeit gegenüber jenem Rest von Freiheit, der sich da noch zeigt und der störend wirkt, wie Freiheit heute schon fast immer.

*

Es gibt einen dummen und grimmig-lächerlichen Zustand, in dem die Intensität unseres eigenen Mitgefühls soviel von der Lebenskraft aufzehrt, daß wir nicht mehr imstande sind, für die, denen unser Mitgefühl gilt, etwas zu tun. Überhaupt scheint manchmal die in uns noch verbleibende Menschlichkeit unserer Lebenstüchtigkeit indirekt, also umgekehrt proportional zu sein. Dieses Verhältnis ist nicht unwichtig, wenn man das schließliche Gesamtergebnis annähernd zu erraten versuchen will.

*

(Ich habe später versucht, das Leben wenigstens zu einem kleinen Teil zu überlisten, indem ich ein Funkhonorar, das ich für meinen Bericht über diese Münze und den Bettler erhielt, einer Ärztin nach Indien mitgab, mit der Bitte, den Betrag an Bettler zu verteilen.)

»Es istv nicht wahr, es ist alles nicht wahr, und das, was wahr ist, ist am wenigsten wahr.« Und auch den Mut zum Aufschreiben nur dieses einen Satzes hatte er fast verloren, schon beim zweiten Wort, als ihm nach dem Tippen des Wortes »ist« der Finger ausrutschte und auf einmal neben dem t ein v stand und er sich überlegte, ob er weitertippen oder ein neues Blatt einspannen oder lieber überhaupt aufgeben solle. Und dabei war er gar nicht so sehr dagegen, in einem Manuskript noch herumzustreichen, außer wenn es ein Gedicht war; die mußte man immer wieder sauber abtippen.

Jeder Tippfehler konnte ihn an solchen Tagen verunsichern, vor allem aber die Erschütterungen, die man erduldete, wenn man auf der elektrischen Maschine aus Versehen den Zeilenumschalter zu stark oder zu anhaltend drückte und die Maschine gleich mehrmals eine neue Zeile beginnen wollte, wobei sie sich rüttelte und ein so starkes Geräusch machte, daß man zutiefst erschrak. Zum Glück hatte er gerade auch ein positives Erlebnis gehabt. Beim Rasieren unzufrieden mit einer schon etwas stumpfen Klinge, hatte er unter den von ihm gesammelten Klingen erst die eine, dann die andere kopfschüttelnd versucht, bis er die dritte so gut wie neu fand – eigentlich besser als neu, aber es wäre lächerlich, sich einen solchen Gedanken auch nur in Worten einzugestehen, fand er – aber jedenfalls bereitete es ihm trotz leichter Herzbeschwerden beim Heben des linken Armes richtige Freude, sein Gesicht fast wieder hergestellt zu sehen, mehr und mehr, von Zug zu Zug des Rasierapparates.

Er liebte diese Erfahrungen mit der Brauchbarkeit eigentlich schon fast unbrauchbar gewordener Dinge. Es mußten auch nicht nur Dinge sein. War Wasser ein Ding? Mit wie schmutzigem Waschwasser Teller doch noch rein werden, oder halbwegs rein (bei Gläsern geht's nicht so gut), war ihm schon seit Jahren ein Erlebnis von der Art, die sein Ururgroßonkel auf dem Ölbild, der Professor der Moral gewesen war, was immer das gewesen sein mochte, wahrscheinlich noch philosophisches Erlebnis genannt hatte: Man konnte dabei daran denken, mit wie beschmutzten Händen sich der Menschheit vielleicht doch immer noch helfen ließe, aus welcher Unvollkommenheit erfolgreiche Bestrebungen zur Annäherung an die Vollkommenheit entspringen könnten.

Dabei hatte der Hang, gebrauchte Klingen nicht wegzuwerfen, aber auch geradesoviel von Verzweiflung und Resignation, war auch in gehörigem Abstand durchaus seiner Tendenz zu vergleichen, sich möglichst wenig neue Kleidungsstücke mehr anzuschaffen, denn die, die er noch hatte, mochten reichen. Ja, falls er wirklich länger leben wollte, wozu nun seines Herzens wegen auch Gewichtsabnahme gehörte, warteten etliche zu eng gewordene Hosen und Jacken darauf, ihn auf dem Wege der Besserung wieder umhüllen zu können.

Beim Aufschreiben solcher Einzelheiten mußte er zwar über deren Trivialität lächeln, aber es war ein mitleidiges, ein duldsames und etwas belustigtes Lächeln, das ihn keineswegs unsicher werden ließ. Wäre dies nur seine persönliche Trivialität gewesen, so hätte er vielleicht zu schreiben aufgehört. Aber er wußte ja, nicht erst seit der Lektüre neuerer französischer Essays, daß das Ich des reflektierenden Künstlers, Philosophen oder Analytikers seiner selbst gar nicht wirklich existiert, sondern nur einen Augenblick in den Bewegungen eines sich ständig verändernden keineswegs festen Bündels von nicht einmal kausal verknüpften Einzelfaktoren und Kräften ist, beziehungsweise, daß es nur über diese Erkenntnis seines Nichtvorhandenseins zu einem Rest von Identität kommen könne.

Nein, was wirklich deprimierend war, das war etwas anderes. Genauer gesagt, nicht etwas, sondern vieles, ja fast alles. Das waren die Briefe und Aufrufe, die mit der Morgenpost gekommen waren, täglich zu viele, um mit ihnen richtig fertig zu werden, ja fast zu viele, um sie zu öffnen. Wie lange noch dieser ungleiche Kampf, fragte er sich, dieser Wettlauf mit dem Leben, oder eigentlich dieses Sackhüpfen, denn er hatte immer wieder die Vorstellung, seine ohnehin viel zu kurzen und ungeschickten Beine seien schon vor langer Zeit in einen Sack gesteckt worden, der dann zugebunden wurde.

Er und die, denen er bei dem, was sie schrieben, zu helfen versuchte, und die wenigen Redakteure und Redakteurinnen, die auch ihnen zu helfen versuchten und wahrscheinlich auch sich selbst mit privaten Aufzeichnungen auf das Schreiben vorbereiteten, mochten Betrachtern aus einiger zeitlicher Entfernung wie taumelnde Insassen eines großen Straflagers erscheinen, die sich gegenseitig stützen, auf dem Weg, der sie, wie sie meinen, in die Freiheit führen könne, wenn sie nur durchhielten, der aber in Wirklichkeit nur auf eine freie Stelle innerhalb der Gitter führt, wo man dann zuletzt plötzlich den Lichtschein und die Hitze und die Strahlen erlebt.

Überlassenheit

Als ich jung war, ein halbes Kind noch, war dieses Gefühl leicht zu haben. Ich mußte nur ins Kino gehen, das wir Flohkino nannten, ein Spitzname, den ich damals originell und witzig fand und auch noch nicht als Gattungsnamen kannte, weil ich nicht wußte, daß es mehr Flohkinos als dieses eine gab. Ich mußte also nur ins Flohkino gehen und mich von dem Film richtig mitreißen lassen, um dann, im Augenblick, in dem ich den schäbigen roten Kinoplüsch und den scharfsüßlichen Geruch des Luftauffrischers, den eine aufgetakelte Matrone vor der Vorstellung immer mit einer großen Spritze im Kino zerstäubt hatte, hinter mir ließ, dieses Gefühl wieder zu haben oder, eigentlich, von ihm gehabt zu werden, denn das Gefühl war größer und stärker als ich, und ich erlitt es nur. Daß das so war, gehörte zum Wesen des Gefühls, das ein Gefühl von Trauer, Enttäuschung und Hilflosigkeit war, wieder dieser Welt überantwortet zu sein. »Überlassenheit« nannte ich es in meinem Tagebuch, das ich leider bei meiner Flucht zurücklassen mußte, und ich hielt mein Wort Überlassenheit für eine Steigerungsstufe von Verlassenheit.

Der Film mußte verlogen gewesen sein und spannend, um mich beim Ausgestoßenwerden aus dem warmen Plüsch in die neblige Abendluft, die um diese Zeit auch immer ein wenig nach Rauch roch, zu diesem Gefühl der Überlassenheit zu zwingen. Erst nach und nach gestand ich mir ein, daß gerade dieses Gefühl, das mir wehtat und mich nicht ganz, aber doch halb und halb mit Bangen erfüllte, mir mindestens so wichtig war wie der Kinobesuch selbst, obwohl schon das Warten im duft- und rauchgeschwängerten Vorraum des Flohkinos, in dem sich der geheimnisvolle Liebesautomat erhob, jedes Mal ein so einprägsames Erlebnis war, daß ich das Gedicht, das über der Scheibe mit dem Zeiger des Liebesautomaten zu lesen war, noch heute auswendig kann:

Liebt sie dich mit heißen Sinnen,
Will dein Herze sie gewinnen,
Oder treibt sie nur ein Spiel
Ohne Zweck und ohne Ziel?
Oder will sie nur dein Geld
Während sie's mit andern hält?
Alles das kannst du erraten
Durch den Liebesautomaten.

Ich war stolz, daß ich die Schnörkelschrift – heute weiß ich, es war eine heruntergekommene Frakturschrift – schon entziffern konnte. Eine Liebste hatte ich noch nicht, aber ich dachte darüber nach, wieviele Schicksale sich wohl bei den Kinobesuchern durch die strengen Schiedssprüche des Automaten, der nach Einwurf einer Münze den Zeiger kreisen ließ und dann genaue Auskunft über Charakter, Treue oder Untreue, Wert oder Unwert der Liebsten gab, zum Guten oder zum Bösen wenden mochten. Dann aber gingen die Türen zum Kinosaal selbst auf, Klaviergeklimper und Wolken von Desinfektionsparfum, wie ich es nannte, fingen mich ein, Fox Tönende Wochenschau und dann der Film selbst rollten an, rollten ab, und ich mit ihnen.

Erst in den letzten Jahren, fünf Jahrzehnte später, erinnerte ich mich wieder an all das.

Und ich hätte mich wahrscheinlich nie wieder daran erinnert, wenn nicht das Gefühl, das ich damals beim Verlassen des Flohkinos hatte, plötzlich wieder dagewesen wäre. Die Umstände, unter denen es jetzt auftritt, sind ganz andere. Ich habe es zwar in den letzten drei, vier Jahren öfter feststellen können, wobei Feststellen eigentlich ein anmaßender und unehrlicher Ausdruck ist, denn natürlich stellte in Wirklichkeit nicht ich das Gefühl fest, sondern das Gefühl hatte jedes Mal wieder von mir Besitz ergriffen und mir gar keine Wahl gelassen, als es mir einzugestehen. Ja, es war dasselbe Gefühl wie damals beim Verlassen der roten Plüschsamtsitze und golden tapezierten Wände des Kinosaals, aber diesmal kam es nur, wenn ich ein Buch oder eine Geschichte in einem Buch zu Ende gelesen hatte, und wenn die Eigenschaften dieses Buches oder dieser Geschichte in einigen Stücken denen der alten Filme entsprachen. Man kann allerdings wahrscheinlich kaum von einem wirklichen Entsprechen reden, denn die Vergleichsobjekte sind zu weit voneinander entfernt, und außerdem haben mein Wissen und mein Geschmack sich geändert, und meine lebhafte Erinnerung an die ferne Vergangenheit ist vielleicht ebenso unverläßlich wie meine verschwommeneren Erinnerungen an erst vor kurzem Gelesenes.

Und doch will ich angeben, welche Eigenschaften eine Erzählung oder Novelle haben muß, um das alte Gefühl in mir wachzurufen. Sie muß verlogen sein, gründlich unecht und zugleich anspruchsvoll, dabei aber muß sie gut geschrieben sein, soweit dies mit diesen negativen Eigenschaften irgendwie vereinbar ist. Deshalb erlebe oder erleide ich dieses uralte Gefühl, nach dem ich mich von Zeit zu Zeit fast sehne, gar nicht so oft, denn die unechten und anspruchsvollen Geschichten sind selten gut genug geschrieben. Nur auf *Einen* kann ich mich da ganz und gar verlassen. Er beherrscht das Handwerk des Schreibens ebenso, wie er selbst von den Mächten der Mystifikation und Anmaßung beherrscht wird. Ich meine den berühmten Luis Borges, der ja in unserer komplexen Kultur nicht zufällig so hohes Ansehen genießt.

Am Ende einer seiner Geschichten kann ich, obwohl sie ganz andere Umgebungen schildern oder skizzieren, fast immer den Plüsch meines längst verschwundenen alten Flohkinos und das scharfe Desinfektionsparfum riechen, das Klimpern des Kinoklaviers und das Kreischen der schlechtgeölten Angeln der Türen des Zuschauerraums hören und die Schnörkelverse des Liebesautomaten im Vorsaal sehen. Ein Glück, daß ich Borges nie getroffen habe, sonst hätte ich ihn viel zu liebgewonnen und hätte nie und nimmer den Mut, offen zu sagen, daß diese alten Erinnerungen fast der einzige Grund sind, aus dem ich manche seiner Geschichten liebe.

Der wahre Borges

Es ist einfach nicht wahr, daß Jorge Luis Borges nie ein wahres Wort geschrieben hat. Seine Angaben auf amtlichen Formularen und anderwärts über seine Geburt in Buenos Aires im Jahre 1899, über seine Studien in Europa und über seinen Schriftstellerberuf ebenso wie über seine Arbeit als Direktor der Nationalbibliothek in Buenos Aires von 1955 bis 1973 sind, abgesehen von gelegentlichen kleinen Irrtümern, wie sie jeder begeht, samt und sonders wahr.

Wahr ist auch seine Liebe zu Büchern, die ihn sein alltägliches und allnächtliches Leben mehr und mehr mit dem Leben seiner literarischen Gedanken und Empfindungen verschmelzen und verwechseln ließ, ferner seine Bewunderung für südamerikanische Messerhelden und andere Tatenmenschen und seine Vorliebe für Mystifikationen. Diese letzte Eigenschaft ist es, die dem alternden und durch ein schweres Augenleiden von der Sphäre der von ihm verherrlichten Männer der Tat ferngehaltenen Büchermenschen den Ruf eines Lügners eingetragen hat. Dieser Ruf ist nicht weniger berechtigt als sein sonstiger Ruhm.

Fragt sich nur, was ein Lügner ist. Vielleicht war Borges – ein wahrer Kafka der *artifiziellen* Vorspiegelungen – diesen nicht weniger ausgeliefert als Franz Kafka jenen Vorstellungen, die ihn wirklich ganz und gar bedrängten. Jedenfalls, im Mystifizieren hat Borges Größe bewiesen. Man könnte geradezu behaupten, daß ein widriges Schicksal den in seine Bibliotheken entrückten halberblindeten Verehrer einer Welt von krassen Farben, Untaten und Katastrophen dazu gezwungen hat, bei seiner Phantasie Zuflucht zu suchen und ein so großer Lügner zu werden, daß er eines Tages auch noch eine Lügengeschichte über seine Lügen schrieb. Es wäre ein vergebliches Bemühen, einen Mystifikator seines Ranges zu befragen, was dabei eigentlich seine Absicht gewesen sei. Jede Antwort könnte ebenso der Ergänzung und Vervollkommnung seiner Mystifikationen dienen wie ihrer Enthüllung, ja vielleicht beiden Zwecken zugleich.

So läßt sich nach andächtigem Lesen seiner Schriften höchstens vermuten, sein eigentlicher Plan sei vielleicht gewesen, in dieser Geschichte seine eigenen Lügen so zu belügen, daß dadurch am Ende die Wahrheit offenkundig würde. Weil er aber in seinen Werken längst viel besser lügen gelernt hatte als er selbst wußte, machte er mit diesem Versuch nur seine Lügen ganz und gar unentwirrbar. Dennoch war dieser Versuch für ihn als Dichter, der sich bewußt in ein immer komplizierteres Labyrinth begeben hatte, an dem er mit jedem Satz weiterbaute, gewissermaßen die Rettung, weil ihm damit etwas glückte, was das ursprüngliche Wunder dessen, der Kunstwerke schafft, wieder erstehen ließ. Es gelang ihm nämlich, ganz wie vor vielen Jahren als noch fast unschuldiger Anfänger, das Gegenteil von dem zu erreichen, was er wollte.

Kleintierjagd auf dem Nil

Ein Pharao war – wie jeder heilige König – schon von Amts wegen ein Held. Dazu genügte es nicht, vor versammeltem Volke den Fuß auf den Nacken gefangener feindlicher Heerführer oder Könige zu setzen, die man eigens bis zu diesem Augenblick am Leben erhalten hatte. Nein, dazu gehörte auch die Jagd auf allerlei Bestien, vom nubischen Löwen bis zum Nilkrokodil.

Auf Grabbildern in Pyramiden und Höhlen im Tal der Könige ist noch mehr als ein Pharao zu sehen, wie er vom Boot aus, am Rande der Papyrusdickichte, beobachtet von aufmerksamen Fischen, seinen langen Speer einem Krokodil zwischen die furchtbaren Zähne tief in den Rachen stößt. Das kann gar nicht so ungefährlich gewesen sein.

Aber obwohl die Wandbilder ja eigentlich die Aufgabe hatten, die Heldentaten des Pharao zu rühmen, kam ihnen ihre eigene kultisch vorgeschriebene Art, dem Pharao zu huldigen, in die Quere. Der Herrscher mußte immer viel größer dargestellt werden als alle Menschen seiner Umgebung, deren Größe übrigens je nach Rang abgestuft war, von Sklaven und Lasttieren ganz zu schweigen. Bei der Abbildung der Krokodiljagd nun stellten die gehorsamen Künstler, wie es ihre Pflicht und Schuldigkeit war, den Pharao ungefähr zehn- bis zwanzigmal so groß dar wie das Krokodil.

Der unkundige Betrachter kann sich daher nur schwer des Mißverständnisses erwehren, der heilige König habe sich auf der Eidechsenjagd befunden, was natürlich den unmittelbaren Eindruck seiner Heldenhaftigkeit ein wenig verringert.

Fragen nach Fragen

Mitten im Bewußtsein und vollen Gefühl meiner Liebe müßte ich mich fragen, wie ich jetzt ohne sie, die ich liebe, auskäme. Diese Frage täte weh, aber das Unerträglichste an ihr wäre nicht der schneidende Gedanke an die Trennung, sondern die zweite Frage, die sich wie von außen in mich eingedrängt hätte, ob ich mich denn dann, nach der Trennung, nicht doch sogar irgendwie wohler fühlen würde, freier vielleicht, weniger beansprucht, außer natürlich vom Schmerz des Verlustes. Und dann kämen gleich auch die ganz unbeantwortbaren Fragen, allen voran die, was für ein Mensch ich denn dann wäre; ob dieses Ich, das sich dann wohler und freier fühlen könnte, noch das Ich wäre, das ich sein will. Diese Frage aber zöge unweigerlich gleich die nächste nach sich: Ob ich denn auch ein Recht hätte, der zu sein, der ich sein wolle; besonders aber, ob ich dieses Recht hätte, wenn ich so lieblos oder, genauer und noch ärger, so dürftig, so fadenscheinig in meiner Liebe wäre, ja, ob nicht schon dieses mein So-Sein-Wollen eine üble Mischung von Verranntheit, Heuchelei und Anmaßung sein könne, oder vielleicht auch nur ein selbstquälerisches Hirngespinst.

Diese Gedanken wieder würden mich an Gedanken erinnern, die sich einstellen, wenn ich empört oder traurig bin, weil irgendetwas vorgeht oder schon geschehen ist, gegen das ich, so sehr ich das will, nichts tun kann, weder im Augenblick, noch vielleicht überhaupt jemals. Dann kommt nämlich diese fast teuflische Frage, wie es denn wäre, wenn ich meine Anteilnahme, meine schmerzlichen Empfindungen, plötzlich abstellte und alles nur fühllos miterlebte, vielleicht nach Art eines völlig fremden Lebewesens von einer anderen Welt, oder, schlimmer noch, wenn ich alle Grausamkeit, allen Neid, alle Sensationslüsternheit aus den dunkelsten Winkeln der unglücklichsten Kindheitsstunden zusammenscharrte, um mich nun an dem Unglück, dessen gequälter Zeuge oder Mitwisser ich jetzt bin, mit einem Mal zu berauschen, zu weiden, zu ergötzen.

Alle diese Gedanken steigen – zugleich mit dem Entsetzen vor ihnen – manchmal wirklich in mir auf, schon zwischen der ersten Frage und der ersten Nachfrage nach ihr, und ich dürfte diese Gedanken und Fragen und Fragen nach Fragen vielleicht auch dann nicht wegdrängen und nicht verleugnen, wenn ich das noch könnte.

Hingabe an das Lebenswerk

Es gibt eine Art Dichter, die sich, zweifellos im Bewußtsein ihrer Sendung, zu einer ungewöhnlichen geistigen oder vielleicht auch seelischen Sparsamkeit erzogen haben. Während die meisten Menschen nur schwer der Versuchung widerstehen können, einen glücklichen Einfall, einen klugen Gedanken oder eine halbwegs elegante Formulierung im Gespräch mit Bekannten oder Familienmitgliedern zum besten zu geben, vielleicht sogar, um damit Eindruck zu machen, vergeuden jene Dichter, von denen hier die Rede ist, sich niemals auf so zwecklose Weise. Nein, jedes treffende Wort, das ihnen einfällt, jeder möglicherweise brauchbare Gedanke wird eilends notiert oder bei denen, die von modernen Hilfsmitteln Gebrauch machen gelernt haben, in ein winziges Tonbandgerät gesprochen. Ja sogar in den seltenen Fällen, in denen sie sich dennoch herablassen, etwas Denkwürdiges mündlich preiszugeben, haben sie meistens dafür gesorgt, daß solche Aussprüche sich nur in einem Kreis ereignen, dessen Zusammensetzung ihr Bekanntwerden und dauerndes Fortleben als ihre eigenen Äußerungen und nicht etwa die irgendeines Kollegen oder eines Ungenannten verbürgt.

Ergebnis dieser Art Selbstzucht ist jener Typus Dichter oder Schriftsteller, der nur noch dann und wann, bei feierlichen, im Voraus zu diesem Zweck bestimmten und oft auch öffentlich in diesem Sinne angekündigten Anlässen seinen sorgfältig und mit großer Sparsamkeit und Geduld angereicherten und wohlverwahrten Geist sprühen läßt, meistens auch gleichsam als eine Art Voranzeige für das nächste, oft schon im Druck befindliche Werk.

Im alltäglichen Umgang fallen Dichter solcher Art nicht selten durch Pedanterie, Verschlossenheit, ja Mißtrauen, vor allem aber durch geradezu ungewöhnliche Trockenheit und Plattheit auf.

Das Phänomen erinnert ein wenig daran, daß die Priester mancher vorderasiatischen Gottheiten, zu deren Ehren jahraus, jahrein Tempelorgien stattfanden, kastriert sein mußten.

Hilf mit, denn das ist nicht einfach ein Gedankengang, sondern ein Versuch, auszubrechen. Hilf die großen Definitionen auf jenen Schutthaufen werfen, auf den sonst nur die großen Definitionen die Menschen werfen. Ich meine jene weisen Definitionen, deren Weisheit sie nicht vor Besudelung gerettet hat.

Die Erkenntnis der Notwendigkeit? Ja, so hieß es. Das sollte die Freiheit sein! Aber man hat dieselbe Definition für das Kopfsenken der Unterdrückten verwendet. Denn auch der Geknechtete erkennt die Notwendigkeit, zu Boden zu blicken.

Weg damit! Eine Freiheit, die zugleich ihr Gegenteil ist, ist nicht Einsicht in den Widerspruch im Wesen der Dinge, auch nicht Erkenntnis der Notwendigkeit, sondern ist elende Schurkendialektik, Verneinung all ihrer ursprünglichen Ansprüche. Eine Freiheit, die mir keine Freiheit mehr läßt, ist unmöglicher als die unmöglichste Freiheit, die nie glücken kann, aber die zum Glück wenigstens solche Definitionen nicht länger mehr duldet und die man endlich wieder lieben kann, obwohl oder gerade weil sie Unmögliches verlangt und weil sie es *für* uns und nicht *gegen* uns verlangt.

Ja, auch unmögliche Freiheit ist Freiheit, und gerade sie! Auch Glück, an dem schon an einer Kette das Unglück hängt, ist Glück oder wenigstens eine lebendige Ahnung von Glück, die schwerer wiegt um das Gewicht des noch über sie verhängten Unglücks. Und was heißt möglich oder unmöglich? Gewiß, etwas heißt es, denn was heißt Glück, das rundum Unglück erzeugt? Aber manchmal kommt das Unglück noch nicht heute und auch noch nicht heute nacht, sondern erst morgen, vielleicht erst am nächsten Abend oder irgendwann. Und manchmal kommt alles so selbstverständlich, so einfach, wie von jeher in einander gefügt, als könne das Chaos so gar nicht entstehen. Ist das Schicksal, erst das der anderen, dann das eigene? Gefahr ist um einen oder um eine oder um alle: eine Gewitterwolke. Menschen können einander etwas antun. Sie haben die Macht dazu. Ja. Aber Menschen haben vielerlei Macht. Müssen sie sie auch immer ausüben? Und dürfen wir, wo uns die Macht, diese Welt zu verändern, so bitter fehlt oder *noch* fehlt, zum Ausgleich dafür alle Macht ausüben, die wir haben, um wir selbst zu sein? Was sind wir, wenn wir wir selbst sind, in einer Welt, die nicht ist, wie wir selbst sie wollen?

Auch die Freiheit, uns zu schütteln und dies und das abzuwerfen oder zu zerschlagen, ist Freiheit. Und vielleicht ist auch die Freiheit, gegen den Alltag die Allmacht der Allnacht zu setzen, Freiheit, die letzte Freiheit? Aber was für eine Art Freiheit ist das? Was zahlt man dafür, und wen macht man was dafür zahlen?

Auch vom Glauben, daß es verläßliche Antworten auf diese Fragen gibt, müssen wir uns freimachen. Und Freiheit ist zwar auch die Freiheit, nicht immer von ihr Gebrauch machen zu müssen, aber lange keinen Gebrauch von seiner Freiheit machen, das heißt in Wirklichkeit, auf sie verzichten. Das dürfen wir nicht.

Das Mißverständnis

Die jungen Hühner hatten keine gute Beziehung zu der rotnasigen Frau, die sie fütterte. Zwar kamen sie, angelockt vom Futter und vom kreischenden Futtergepiepse der alten Bäuerin, immer rasch zu ihr hin, aber wenn sie bemerkten, daß sie dabei zufällig in ihre unmittelbare Nähe geraten waren, ergriffen sie Hals über Kopf die Flucht. Es waren sogenannte glückliche, freilebende Hühner. Die Mutterhenne klagte oft über das gestörte Verhältnis der Küken zu ihrer aller Wohltäterin und versuchte die Ursachen dieses in ihren Augen krankhaften Mißtrauens – Hühnerhofverdrossenheit nannte sie es manchmal – zu ergründen.

Die jungen Hühner waren freilich keine Küken mehr, sondern schon recht groß und stattlich. Sie hatten gerade lesen gelernt und waren auf ihre Kenntnisse nicht wenig stolz. Dennoch flogen diesmal noch die letzten Flaumfedern, und sie kollerten eines über das andere, als wären sie eben erst aus dem Ei gekrochen, – so verstört flohen sie zu ihrer Mutter zurück.

Als das Gekreisch sich unter dem begütigenden Gackern der alten Glucke gelegt hatte, gelang es ihr, den Grund des allgemeinen Entsetzens zu erfahren.

»Auf dem Hof liegt sie! – links hinter dem großen Futternapf! – Vor dem Küchenfenster.«

»Wir haben es selbst gesehen, mit eigenen Augen!«

»Und ich hab schon immer gesagt, sie sind gräßlich – die Menschen.«

»Ja! ja!«, kreischte es rundum zustimmend: »Ärger als der rote Fuchs, von dem du uns immer erzählt hast.« – »Herzlos!« – »Grausam!« – »Wenn man nur richtig fortfliegen könnte!«

Wieder mußte die Mutterhenne Ruhe schaffen. »Genug! Genug! Wie oft soll ich euch sagen, ihr könnt die Menschen nicht so mir nichts, dir nichts, schlecht machen! – Sorgen sie nicht für unsere Sicherheit? Gibt euch die Bäuerin – die Frau mit dem rotblauen Schnabel – nicht täglich zweimal Futter und reines Wasser? – Aber wenn ihr immer nur zetert und ihnen alles Böse zutraut, dann werdet ihr sie eines Tages noch zur Verzweiflung treiben. Dann habt ihr es! Kein Lebewesen kann es ertragen, wenn man ihm immer alles nur schlecht auslegt.«

»Schlecht *auslegt*?! Wie würdest denn du das *auslegen*? Wir haben es selbst gesehen! Sie liegt draußen auf dem Hof!«

»Wer denn?« fragte die Henne, die, um sicherzugehen, ihre Junghühner schnell nochmals heimlich gezählt hatte: »Ihr seid doch alle da; das ist alles, worauf es ankommt«. – Und dann wiederholte sie, wider Willen doch ein wenig besorgt, ihre Frage: »*Wer* liegt denn schon wieder auf dem Hof?«

»Die Zeitung! – Eine Zeitung«, antwortete es von allen Seiten. »Wir haben es selbst gelesen! Grauenhaft! Es wird einem ganz schwarz vor den Augen.«

»Ach was, eine Zeitung! – Erstens dürft ihr nicht alles glauben, was ihr in der Zeitung lest. Das ist oft nichts als Spreu und fliegende Federn! Und außerdem: Habe ich es euch nicht schon tausendmal gegackert?! Unser Wohlergehen beruht auf der Einhaltung unseres Haustierabkommens mit den Menschen über die Eierlieferung bei gleichzeitiger grundsätzlicher Nichteinmischung in ihre internen Menschereien. Kein Hahn kräht danach, was sie untereinander tun. Jeder scharre auf seinem eigenen Mist!«

»Aber sie tun es doch uns, Mutter; – es war auch kein Bericht in dieser Zeitung, sondern es stand ganz groß im Anzeigenteil. Sie machen uns blind! Die Menschen reißen uns die Augen aus, Mutter! Die Augen! Sie haben sogar schon Spezialisten dafür!«

»Was?« fragte die Henne verdutzt – »Ja, ja, ja: Dort steht es schwarz auf weiß – *›Hühneraugen – rasch und einfach entfernt. Billigste neueste Methode auf Grund langjähriger Erfahrung.‹*«

Die alte Henne wippte und gluckste vor Lachen, so daß die Junghühner fürchteten, der Schreck habe ihr den Verstand geraubt: »Ihr dummen Putchen, ihr! –! Da seht ihr wieder, wie Unrecht ihr den Menschen tut!« Und sie erklärte den aufhorchenden Nachwuchshühnern ihr Mißverständnis.

Zuerst zweifelten zwar noch einige und hielten die Erklärung der alten Henne über die verunstalteten Krallen und Klauen der Menschen, denen sie zu Ehren der Hühner einen beschönigenden Namen gegeben hatten, für etwas weithergeholt, ja vielleicht sogar nur für künstlich zusammengescharrt, um sie zu beschwichtigen. Aber die Wahrheit hat ihre eigene Überzeugungskraft: zuletzt glaubten es doch alle.

Stillgeworden hockten sie im Kreis um die alte Glucke, bis in den letzten Federkiel durchströmt von einem wohligen Gefühl der Erleichterung und der Sicherheit, aber zugleich auch ein wenig beschämt über ihr Mißtrauen, besonders wenn sie an die Bäuerin mit dem rotblauen Schnabel dachten, die sie sich zuvor in ihrer Erregung als wahres Ungeheuer vorgestellt hatten, triefend von Hühnerblut. Dabei war die alte Frau nicht nur wirklich nützlich, sondern hatte gerade erst heute am Morgen, als sie ihnen Futter brachte und das Wasser wechselte, mit freundlich ermunternden Worten ihre Größe und Stattlichkeit gerühmt.

Still wie es nun, da sie sich außer Gefahr wußten, in ihren Herzen war, war es auch draußen auf dem Hof. Durchs offene Küchenfenster konnten sie die Frau sehen und hören, wie sie geduldig ein großes Messer schärfte. Es war ein angenehmes Geräusch, das ein wenig an lebhaftes Scharren auf rauhem Grund erinnerte, mehr noch aber an ein weit entferntes Krähen.

Die Abstoßende

Daß in unguten Zeiten die Wahrheit entsprechend häßlich scheinen muß, ist nicht weiter verwunderlich, auch nicht, daß es dadurch der glatten Lüge leicht wird, ungleich schöner zu erscheinen als die häßliche Wahrheit.

Nun würde man bei genauerem Zusehen zwar mit der Zeit merken, daß es nicht die Häßlichkeit der Wahrheit ist, die so entsetzlich wirkt, sondern nur die Häßlichkeit dessen, was sie nicht umhin kann zu zeigen. Ebenso würde man bei längerer Betrachtung der Lüge nach und nach ihre rissigen Stellen entdecken und sie dann gar nicht mehr so schön finden. Wie es aber das Unglück nun einmal zu wollen scheint, genügt der erste Eindruck beim Anblick der Wahrheit den meisten Menschen, um ihnen vor dem Häßlichen, dessen sie gewahr werden, solche Angst – mehr noch als Abscheu – einzuflößen, daß sie es zu vermeiden suchen, die Wahrheit auch nur noch ein einziges Mal ins Auge zu fassen.

Die ungute Zeit aber, die die Wahrheit zwingt, so häßlich zu wirken, daß die entscheidende, teils schweigende, teils lautstarke Mehrheit der Menschen sie lieber gar nicht mehr sehen will, gereicht natürlich den Lügen, die mehr als je zuvor gefördert werden, und damit der weiteren Verschlechterung der Zeit, zu großem Nutzen.

Es geht allerdings das tröstliche Gerücht um, daß sich in letzter Zeit einige einflußreiche und weitblickende Lügen zusammentun, um dieser Entwicklung Halt zu gebieten. Diese Lügen sollen, wenn man den Berichten Glauben schenken darf, erkannt haben, daß die Menschheit, wenn sie sich weiterhin von ihrer wahren Lage abwendet, nicht nur sich selbst vernichten könnte, sondern damit natürlich zugleich auch den Lügen ein für alle Mal ein Ende bereiten würde, weil diese ja nirgends sonst als bei den Menschen Obdach, Nährboden und Fortpflanzungsmöglichkeiten finden können.

Das ist zwar die reine Wahrheit, ebenso wie es wahr ist, daß eine solche Entwicklung keineswegs im Interesse der

Lügen läge. Aber eben weil das leider wahr ist, und weil gerade die Wahrheitsfähigkeit der Lügen doch mehr als zweifelhaft ist, steht zu befürchten, daß dieses tröstliche Gerücht vom Eintreten einflußreicher aufgeklärter Lügen für die Rettung der Menschen, für ihre friedliche Zukunft und damit auch für die Sicherung der Zukunft der Lügen nur eine Lüge ist.

Alte Überlieferung

Vor dem dritten großen Krieg erzählten sich die Menschen, die damals noch so zahlreich waren, daß sich solche Geschichten wie von selbst verbreiteten, die Fabel vom Gipfeltreffen:

Nach langen Vorbereitungen und unendlichen sogenannten Sicherheitsmaßnahmen trafen sich der östliche und der westliche Machthaber von Mann zu Mann, nicht auf dem Bildschirm und nicht so, daß sie sich nur sprechen hörten und sahen, sondern wirklich so, daß einer den anderen sprechen spüren konnte.

Da sprach der östliche Machthaber vom Sozialismus, der westliche Machthaber aber sprach von der Freiheit.

Da schämten sich beide so, daß sie sich verkrochen und nie wieder gesehen wurden.

»Wer?« fragte man beim Hören der Fabel: »Die beiden Machthaber?«

»Nein«, war die Antwort: »Die Freiheit und der Sozialismus.«

Wer die Fabel glaubte, der wurde Pessimist genannt. Wer aber glaubte, die beiden Machthaber hätten nur ihre Themen miteinander vertauschen müssen, dann wäre alles besser geworden, den nannte man damals Optimist.

Dazu bedarf es nur einer wirklich großen Waage. Alles andere ist einfach. Auf die eine Waagschale legt man die Vorurteile eines Menschen. Auf die andere Waagschale legt man Tote.

Bei einem sehr aufgeschlossenen und gewissenhaften Menschen genügen schon einige Dutzend Tote, ja, wenn es nahe Angehörige sind, manchmal schon ein einziger Toter oder zwei, um seine Vorurteile aufzuwiegen, so daß sie nicht mehr den Ausschlag geben.

Bei den meisten Menschen aber müssen es erst tausende oder zehntausende Tote sein. Bei besonders überzeugten und verläßlichen Naturen sind Millionen Leichen erforderlich, doch das geht immer noch, wenn die Waage groß genug ist.

Gefährlich wird es bei Leuten, deren Vorurteile so schwer wiegen, daß es nicht genug Tote auf der Welt gibt, um ein Gleichgewicht erreichen zu können.

Solche Leute darf man als unwandelbar prinzipienfest bezeichnen.

Der Unglücksspiegel

Zuerst denkt man an einen Spiegel, der Unglück bringt. Vielleicht, weil er zerbricht, was bekanntlich sieben Jahre Unglück bedeutet. Aber der alte Aberglaube ist es nicht, und es ist auch kein Spiegel, in dem sich das Unglück spiegeln muß oder soll, und auch keiner, der in den Gesichtern und Gestalten, die sich in ihm spiegeln, besonders deutlich gerade das Unglück zeigt.

Nein, es ist nichts Geheimnisvolles, nichts Magisches, sondern ein ganz nüchterner Begriff, mit dem man, vorausgesetzt, man hätte die richtigen Instrumente, ganz prosaisch arbeiten könnte; er könnte uns helfen, unsere Informationen zu vermehren. So, wie es einen Wasserspiegel gibt, in Flüssen und in Teichen, aber auch einen sozusagen heimlicheren Grundwasserspiegel, so können wir uns einen Unglücksspiegel vorstellen, der steigen oder fallen kann, je nach dem Zustand, in dem man sich befindet. Natürlich wird man auf ihn leichter aufmerksam, wenn er gerade im Steigen oder wenigstens erst vor kurzem beträchtlich gestiegen ist.

Wenn Unglück offen an den Tag tritt und sehr hoch steht, dann sind mitunter, ähnlich wie bei zu hohem Wasserstand, Überschwemmungserscheinungen zu beobachten: Einzelne Gegenstände, vom Unglück entwurzelt oder aus ihren festen Plätzen weggeschwemmt, treiben eine Zeitlang auf seiner Oberfläche und saugen sich dann vielleicht voll und schwer, so daß sie immer tiefer einsinken; manche versinken ganz, wenn sie nicht rechtzeitig gerettet werden. Aber der Stand des inneren, nicht ohne weiteres sichtbaren Unglücksspiegels, der etwa dem Grundwasserspiegel entspricht, ist weit schwerer zu ermitteln, als der des offen zutage getretenen Unglücks. Es empfiehlt sich, namentlich in kritischen Zeiten, keine allzu tiefen Grabungen in sich vorzunehmen, wenn man nicht verläßliches Material bei der Hand hat, um das, was man aufgräbt, im Notfall sehr schnell abzustützen. Also, wieder nicht ganz unähnlich dem Vorgehen bei zu hohem Grundwasser.

Während man den Wasserstand mit einem Pegel relativ leicht messen kann, ist es mit dem Messen des Unglücksspiegels gar nicht so einfach. Puls- und Herzschlag sowie Versuche mit Elektroden liefern zwar einige Daten, aber beim Vergleich mit dem Wasserpegel muß man sich neiderfüllt geschlagen geben. Die chemische Industrie bietet Hilfe an, doch die kann einen teuer zu stehen kommen. Jedenfalls ist im allgemeinen die Regulierung des Wasserstandes einfacher. Daß man sich natürlich, ebenso wie in einem stehenden oder langsam fließenden Gewässer, auch in seinem Unglück spiegeln kann, wenn man den richtigen Gesichtswinkel gefunden hat, versteht sich von selbst. Daher in beiden Fällen ja auch das Wort *Spiegel.* Aber das hat weiter nicht viel zu bedeuten.

Nicht Fisch, nicht Fleisch

Vor vielen Jahren, als die Sprache der Delphine noch nicht zum militärischen Geheimnis der Vereinigten Staaten erhoben oder herabgewürdigt worden war, erzählte mir ein befreundeter Delphin von einer uralten Überlieferung seiner Kommune.

Fast zweieinhalb Jahrtausende sei es her, da habe einer seiner Vorfahren mitten im Mittelmeer die letzten Worte des berühmten griechischen Sophisten Protagoras gehört, als dieser auf der Flucht von Athen nach Sizilien Schiffbruch erlitten hatte und ertrank. Wie seither aus Delphinenkreisen verlautet, rief der greise Denker – er war damals etwa siebzig Jahre alt – als er, von den Wogen wie ein Stück Treibholz hin und her geworfen, zum letzten Mal lebend an die Oberfläche kam, die Worte aus: »Das Unmaß aller Dinge!« Dann schlug ihm eine gischtgekrönte Woge in den Mund, und er sagte nichts mehr.

Obwohl diese Worte von dem alten Philosophen und berühmten Pädagogen sicher nicht ad usum Delphini gemeint waren, konnte jener in Rufweite vorbeischwimmende Delphin, von dem die Überlieferung ursprünglich herrührt, doch offenbar nicht umhin, sie zu hören und darüber sogleich in so tiefes Nachdenken zu verfallen, daß er augenblicklich einige andere Delphine herbeirief.

Die Gedanken, die von den eben gehörten Worten des alten Weisen ausgingen, ergriffen auch die neu hinzugeschwommenen Delphine und führten alsbald zu einem ebenso lebhaften wie tiefsinnigen Meinungsstreit unter ihnen. Natürlich wußten sie als Meeresbewohner der großgriechischen Gewässer alle ganz genau, daß Protagoras in Sizilien und in Athen verkündet hatte, der Mensch sei das Maß aller Dinge, der seienden, daß sie sind, der nichtseienden, daß sie nicht sind. Unter einigen Delphinen war deshalb sogar schon vor einiger Zeit ein heftiger Disput ausgebrochen, wie denn irgendwer, ob Mensch oder Delphin, das Maß der nichtseienden Dinge sein könne, so daß sie nicht seien. Sie hatten schließlich diesen Teil des Lehrsatzes als allzumenschlich dahinschwimmen lassen. Nun aber schien den Delphinen zwischen dem ganzen Lehrsatz und den allerneuesten Worten des Protagoras ein Abgrund zu klaffen, tiefer als der Abgrund des tobenden Meeres, der den greisen Philosophen soeben mehrmals verschlungen und wieder ausgespien hatte. Die Delphine, durch Belauschen der Gespräche seereisender Intellektueller und durch das Lesen von bei allerlei Schiffbrüchen in ihr Reich verschlagenen Briefen und anderen Schriften gut informiert, neigten zuerst zu der Ansicht, Protagoras habe mit seinem Ausruf gegen die Höhe der Meeresflut protestieren wollen, die menschlichen Maßen wirklich nicht gemäß sei. Ein älterer, in der Philosophie besonders bewanderter, beziehungsweise beschwommener Delphin gab allerdings zu bedenken, daß es dem gescheiterten Denker in diesem Augenblick doch kaum um bloße Äußerlichkeiten gegangen sein könne, mochten diese auch noch so verhängnisvoll gewesen sein. Er habe vielmehr mit seinem Stoßseufzer wahrscheinlich das Verhalten der Athener kritisieren wollen, die – ihrer Zeit wie in vielem anderen auch hierin weit voraus – eine kleine Bücherverbrennung veranstaltet hatten, die erste geschichtlich überlieferte, um des Protagoras angeblich atheistische, in Wirklichkeit natürlich nur agnostische Schriften zu vernichten. Gerade diese Intoleranz der athenischen Scharfmacher habe ja den unglücklichen Weisen zu seiner Flucht gezwungen, die ihm nun durch den – zugegebenermaßen ebenfalls unmäßigen – Seesturm zum Verhängnis geworden sei.

»Kann es nicht sein,« prustete ein junger Delphin heraus, »daß dieser Mensch, auf das Eindrücklichste konfrontiert von den übermächtigen Elementen, zuletzt doch noch eingesehen hat, daß der Mensch nicht das Maß aller Dinge sei, eine Funktion, die doch viel eher uns Delphinen zusteht?« Er fand aber nicht viel Zustimmung, erstens weil nach Erfahrungen der Delphine Menschen, wenn sie erst einmal zu ihrer vollen Länge ausgewachsen sind, durch Erfahrung nicht mehr belehrbar seien, zweitens aber wurde dem jungen Delphin auch seine delphinozentrische Auffassung vom Maß aller Dinge verübelt. Er tue sogar dem Protagoras Unrecht, denn dieser habe nie gemeint, daß wirklich alle Dinge nach dem Maßstab des Menschen geformt seien, sondern einzig und allein, daß der Mensch sie nur nach seinem eigenen Maß begreifen könne. Schon deshalb könne das Ungestüm der Elemente den Protagoras keinesfalls zu einem Widerruf veranlaßt haben.

»Vielleicht meinte er nur, daß das feindliche Verhalten der Athener in maßlosem Widerspruch zu den Ehrungen steht, die ihm früher in Athen und in Sizilien zuteil wurden«, fragte ein Delphin, und ein anderer pflichtete ihm bei: »Schließlich hat ihn doch einmal der große Perikles persönlich mit dem ehrenvollen Auftrag nach Thurii geschickt, dort für die Stadt Gesetze festzulegen und niederschreiben zu lassen.«

»Nur den Anfeindungen des Sokrates, der ihn, unterstützt von Plato, als Gottesleugner anschwärzte, hatte Protagoras seine Schwierigkeiten in Athen zu verdanken«, meinte ein alter, nachdenklicher Delphin. »Nun, wir werden sehen, ob Sokrates dafür Dank ernten wird. Vielleicht benehmen sich diese unbeständigen fliegenden Fische von Athenern zu ihm eines Tages noch geradeso!«

Allgemeinen Beifall erntete ein Delphin, der darauf aufmerksam machte, »Das Unmaß aller Dinge« sei gar kein vollkommener Satz gewesen, sondern nur ein Fragment. Der erste Teil des Satzes sei vielleicht durch das Ausspeien von Wasser unhörbar geworden, der letzte Teil durch die Woge, die Protagoras ins Gesicht geklatscht sei. Man könne also aus diesem Fragment entweder gar keine oder aber beliebig viele Schlüsse ziehen, und es sei vielleicht praktischer, jetzt doch den Protagoras selbst auf den Rücken zu nehmen und aus der Flut, auf der er treibe, zu erretten, was doch nicht mit Unrecht zu den besten Traditionen der Delphinität gezählt werde. Dann könne man ja ihn selber nach des Rätsels Lösung fragen. Alle stimmten zu. Als sie aber den Protagoras umschwammen, stellte sich heraus, daß dieser mittlerweile schon ertrunken war. Natürlich machten sich die Delphine schwere Vorwürfe, über ihrem Philosophieren die Zeit zum Handeln versäumt und dadurch nicht nur den Philosophen seinem Schicksal überlassen, sondern auch sich selbst des in diesem Fall einzig beschwimmbaren Weges zur Erkenntnis der Wahrheit beraubt zu haben.

Alle gaben dem ersten Delphin die Schuld, der die letzten Worte des Protagoras gehört und sie eilends herbeigerufen hatte. Er hätte den Unglücksmenschen retten und sie erst dann herbeirufen müssen, meinten sie. Andere allerdings wendeten ein, daß er, um ihn zu retten, der Hilfe mehrerer Delphine bedurft hätte, um den alten Mann auf seinen Rücken zu heben und vor den heranrollenden Wogen zu schützen. Es sei ein wahres Unmaß der Dinge, jetzt dem aufmerksamen Delphin, der sie doch sogleich an den Ort des Unglücks gerufen habe, die alleinige Schuld aufbürden zu wollen. Schließlich hielten sie eine Beratung ab, was sie anstelle ihrer philosophischen Diskussion hätten tun müssen. Sie übten dann zwar Selbstkritik, fanden aber ihren Fehler leicht verständlich, daher auch verzeihlich: Es sei eben so gewesen, daß die von den letzten Worten des Protagoras in ihnen ausgelösten Gedanken sich auf Grund ihrer wirklichen Wichtigkeit ihrer aller mit solcher Gewalt und Heftigkeit bemächtigt hatten, daß sie dadurch vorübergehend zum Verzicht auf praktische Betätigung verleitet worden seien. Der Ansturm der von Protagoras ausgelösten Gedanken sei es gewesen, der sie gehindert habe, ihn rechtzeitig vor dem Ansturm der durch den Meeressturm ausgelösten Fluten zu retten. Dies sei die dem Falle innewohnende Tragik, und dies sei um so leichter verständlich, als die geringe Widerstandskraft der Menschen gegenüber den Meeresfluten ihnen zwar bekannt, aber doch nicht so in Fleisch und Blut übergegangen sei, daß der Anblick eines im Wasser treibenden Menschen augenblicklich eine Reflexreaktion in ihnen ausgelöst hätte. Im Grunde sei ihnen eben doch nur der Delphin das Maß aller Dinge.

Traurig stimmten alle zu und begnügten sich damit, den zwei oder drei Haifischen, die sich mittlerweile ebenfalls eingefunden hatten und nun mit blutigen Mäulern davonschwammen, ihre ernstliche Mißbilligung ob ihrer pietätlosen Gefräßigkeit nachzurufen.

Theotherapie

Weder im Alten noch im Neuen Testament findet sich ein Wunder, das auf nachdenkliche Gemüter tieferen Eindruck machen könnte als die Entstehung der Septuaginta, jener Übersetzung des Alten Testamentes ins Griechische durch die Siebzig Dolmetschern, Schriftgelehrte, die, jeder für sich in der strengen Abgeschlossenheit seiner Zelle, ihr heiliges Werk dank höherer Begnadung doch so vollbracht haben sollen, daß sie schließlich alle beim Vergleich ihrer Übersetzungen fanden, daß sie Wort für Wort, Buchstaben für Buchstaben übereinstimmten. Sogar die zahlreichen Fehler und Veränderungen des Originaltextes, auf die schon kurze Zeit danach der große Origenes hingewiesen hat, waren bei allen genau die gleichen. Jedenfalls ein Wunder, das auch uns späte Nachfahren nur ermutigen kann, Übereinstimmung bei der Lösung schwieriger Probleme anzustreben.

Angenommen, einige Psychotherapeuten, vielleicht sogar siebzig, um nicht hinter den siebzig Schriftgelehrten der Septuaginta zurückzustehen, erhielten den Auftrag, aus den Worten und Werken Gottes Erkenntnisse über seinen Charakter zu gewinnen. Sie wären natürlich schon nach kurzer Zeit auf Symptome schwerer Psychoneurosen gestoßen und schließlich, alle siebzig in genau gleichlautenden Befunden, wie seinerzeit die Übersetzer, zum Ergebnis gekommen, es handle sich leider um keine Neurose, sondern um eine ausgeprägte Psychose, kurz, Gott sei irrsinnig.

Damit wären natürlich einige Fragen unserer Epoche mit einem Mal einleuchtend beantwortet, aber noch mehr Fragen würden dadurch erst aufgeworfen. Nicht, wie man Gott zu Krankheitseinsicht und Therapie verhelfen könne. Das wäre kein Problem, schon wegen seiner Allweisheit, die natürlich auch die Bereitschaft zur Krankheitseinsicht mit einschlösse, wegen seiner Allgüte, die eine Weigerung, sich zum Wohle der Schöpfung, vor allem natürlich der Menschen, nun endlich heilen zu lassen, geradezu unvorstellbar machte, und seiner Allmacht, die – mindestens bei nicht übermäßigen Ansprüchen der Therapeuten – auch die zu diesem Zweck nötigen Geldmittel einigermaßen sicherstellte, ganz zu schweigen von Gottes Unsterblichkeit, die auch die Dauer der Behandlung annehmbar erscheinen ließe.

Das wären Fragen, wie sie einem Zyniker vorschweben mögen. Aber die wirklichen sind ernster. Erstens, ob nicht die Diagnose der siebzig Psychologen, in ihrer wörtlichen Übereinstimmung offenbar selbst, ebenso wie der sogar in allen Fehlern übereinstimmende Bibelübersetzungstext der siebzig Schriftgelehrten, ein deutlich als solches erkennbares Wunder Gottes, nicht wie alle Wunder nur den Willen Gottes verrät, selbst aber keine Rückschlüsse auf diesen zuläßt. Dagegen kann allerdings überzeugend eingewendet werden, daß Gott die Menschen ja nicht betrüge und belüge, es sich also um keine von ihm gewollte Fehldiagnose handeln könne. Die zweite Frage gilt dem Verantwortungsbewußtsein der Therapeuten für Gott, und ob sie sich durch die Größe der Aufgabe nicht überwältigt fühlen würden. Doch auch da darf man guter Hoffnung sein, daß die gerade ihrem Beruf so sehr eigenen Omnipotenzvorstellungen ihnen über derlei Klippen mit Leichtigkeit hinweghelfen werden. Bleibt die Frage der zu wählenden Therapie. Hier muß leider aller Optimismus enden, denn es bedürfte eines völlig neuen und noch weit größeren Wunders, um hier unter siebzig Fachleuten Einstimmigkeit oder auch nur eine beschlußfähige Mehrheit zu erzielen. Wie aber wäre von einem mittlerweile so schwer erkrankten Gott ein derartiges Wunder zu erwarten? Da wäre es noch leichter möglich, auf Grund seiner bekannten Eigenschaften auf eine Selbstheilung zu hoffen. Wir wollen also unsere anfängliche Annahme eines Rates der siebzig Psychotherapeuten doch lieber wieder fallen lassen. Genaugenommen wären die Schwierigkeiten, ein solches Projekt zu verwirklichen, vermutlich doch unüberwindlich. Erstens müßten es doch siebzig gottesgläubige Therapeuten sein, ja sogar solche, die im wesentlichen alle dasselbe Gottesbild hätten. Denn ungläubige Therapeuten würden ja aus dem Nichtvorhandensein Gottes den Schluß ziehen, daß alle Fragen nach Gottes Geistes- oder Seelenzustand nur anthropomorphe Projektionen der Menschen selbst sein müssen. Aber auch gottesgläubige Wissenschaftler könnten, wenn sie nicht alle die gleichen Vorstellungen davon hätten, wie Gott ist und sein soll, unmöglich verläßliche diagnostische oder gar therapeutische Arbeit leisten.

Noch schwieriger aber wäre es, einen Auftraggeber für das unerläßliche diagnostische Anfangsprojekt zu finden, der die Geldmittel zur Beschäftigung von siebzig Therapeuten – und es müßten natürlich gute, angesehene und daher nicht gerade billige sein – nicht nur aufbringen könnte, sondern an einem solchen Unterfangen auch interessiert wäre. Gott selbst käme als Auftraggeber ja nicht in Betracht, denn er hilft bekanntlich nur denen, die sich selbst helfen. Es müßten also schon Menschen mit gottesähnlichen Geldmitteln sein. Gewiß, es gäbe *eine* Methode, diese Mittel mit Leichtigkeit aufzubringen. Es bedürfte nur eines Artikels in einer Fachzeitschrift, der ein solches Projekt skizzierte und in einem scheinbar absichtslosen Nebensatz auch die große militärische Bedeutung eines solchen Projektes erwähnte. Schon kurz nach Erscheinen des Artikels würden die üblichen zwei Herren den Verfasser aufsuchen, ihr lebhaftes Interesse an seinen geistreichen Ausführungen und an den himmlischen Mächten zu erkennen geben und Finanzierungsmöglichkeiten anbieten, vorausgesetzt, daß einige keineswegs kleinliche Bedingungen erfüllt werden könnten. Dieser Vorgang ist ja längst nicht mehr unbekannt, aber die Ergebnisse des Projektes blieben dann natürlich militärisches Geheimnis. Ja, eigentlich wissen wir nicht einmal, ob diese Untersuchung des Geistes Gottes unter Landesverteidigungsaspekten nicht schon längst stattgefunden hat oder gerade in diesen Tagen stattfindet. Sollte dies aber der Fall sein, so wäre schon die Tatsache, daß sich die Mittel für ein so entscheidendes Projekt heute nur auf diese Weise aufbringen lassen, ein Beweis für die Erkrankung Gottes.

Für uns jedenfalls ist aus der Annahme, daß wir ein solches Projekt ins Leben rufen könnten, etwa um die Menschheit doch noch zu retten, offenbar leider nichts zu gewinnen. Selig die, die sich mit solchen Gedanken gar nicht erst abgeben, sondern voll oder doch halbwegs voll von Gottvertrauen die Hände in den Schoß legen und der Kriege harren, die da kommen sollen.

Vom bleibenden Wert der Dichtung

Ein deutscher Schriftsteller, der keine schlechte Meinung von sich hatte, wurde gefragt, ob er gerne mit dem Präsidenten der Vereinigten Staaten den Platz tauschen würde. Er versank in tiefes Nachdenken.

»Einerseits ja.« meinte er dann. »Auf kurze Sicht betrachtet, hätte ich eigentlich sogar die Pflicht mit ihm zu tauschen. Ein Atomkrieg würde dann ganz sicher vermieden werden. Hunderte Millionen Menschen, die jetzt in Gefahr sind, blieben auf jeden Fall leben. Auch gegen den Hunger in Asien und Afrika und in Südamerika wüßte ich etwas besseres als die bloße Förderung der freien Marktwirtschaft. – Andererseits aber ...« Er schüttelte zweifelnd den Kopf.

»Was wäre andererseits?« fragten wir ihn. »Was könnte dagegen überhaupt noch ins Gewicht fallen?«

Er sah uns lange an: »Das ist gar nicht so einfach. Bedenkt doch nur: Dann wäre dieser Mensch an meiner Stelle ein Schriftsteller. Stellt euch vor, was der zusammenschreiben und bei seinem Fimmel für ein großes Publikum dann sicher auch veröffentlichen würde. Ich weiß, Literatur wirkt nicht so unmittelbar wie Atombomben, aber dafür ist ihre Wirkung doch nachhaltig, oft über Jahrhunderte hin. Nein, es ist nicht auszudenken, was für ein Unglück da auf lange Sicht herauskommen könnte.«

Um eine Hoffnung ärmer verabschiedeten wir uns von ihm.

Das Wirkliche

Beginnen wir mit einer vergleichsweise harmlosen Annahme: Sagen wir, wir wollen Konzentrationslager bauen, aber richtige, die ihren Zweck nicht verleugnen, nicht mit Willkommenssprüchen über dem Eingang, wie »Arbeit macht frei« oder »Jedem das Seine«, um den heißen Leichenbrei schleichen, nein, gleich von Anfang an Vernichtungslager, in denen die Erfahrungen der bisherigen Lagerbauer auf das Glücklichste verwertet werden.

Wir bauen also unsere Lager, da und dort im ganzen Land, gewissenhaft, mit allem, was dazugehört: Standesgemäße Unterkunft für den Kommandanten und seine Lieben, schmucke kleine Einfamilien- und Gemeinschaftshäuser für die höheren und niedrigeren Lagerbeamten, Baracken und Leichenräume für die Häftlinge; dann, natürlich an einer nicht zu auffälligen aber bequem erreichbaren Stelle, eine solide Mauer, die als Kugelfang dienen kann, für Gruppenerschießungen, am besten am Ende einer Sackgasse, zwischen zwei kahlen Wänden, so daß Fluchtversuche, besonders von Kindern, die sich ja so gut kleinzumachen verstehen, leichter zu verhindern sind. Nicht zu vergessen die Zellen, Gemeinschaftszellen, Einzelzellen, Dunkelzellen, Stehzellen, Sonderzellen, die Hinrichtungsräume mit ihren Fleischerhaken, die Folterkammern und ihre Wartezimmer, die Operationstische und Labor-Anlagen für Vivisektionen oder Experimente mit noch lebendfrischem Gewebematerial oder einzelnen Organen. Draußen, auf offenen Plätzen, einige Galgen und Kreuze für öffentliche Aktionen, und schließlich ein bis zwei Gaskammern samt den dazugehörigen Feuerungsanlagen, am besten nach dem erprobten, brennstoffsparenden Verfahren der Firma J. A. Topf & Söhne, die das Fett der zuerst auf Brenntemperatur gebrachten Leichen als Brennstoff für alle folgenden Leichen nutzbar gemacht hat, was sie sich dann nach dem Krieg in der Bundesrepublik patentieren ließ (Patent Nr. 861 731, Klasse 24d, Gruppe 1, 5. Januar 1953).

Räumlichkeiten und Werktische für das Ausreißen von

Goldzähnen und Abschneiden verwertbarer Haare vor der Verbrennung der Kadaver, für Reinigung der anfallenden Kleider, Lagerung von Wäsche und Schuhen, Habseligkeiten, Prothesen usw. sind eine Selbstverständlichkeit.

Angenommen, wir alle beteiligen uns auf die eine oder andere Weise am Bau und der Errichtung dieser Lager, entweder, indem wir selbst mit Hand anlegen, oder indem wir an den notwendigen wissenschaftlichen und administrativen Vorarbeiten mitwirken, oder auch nur, indem wir auf demokratischem Wege durch unsere Abgeordneten die dafür erforderlichen Steuergelder bewilligt und als einfache Bürger diese Steuern bezahlt haben, so sollte uns allen klar sein, daß wir uns dadurch keiner wie immer gearteten Verbrechen schuldig gemacht haben, denn diese Lager und zweckmäßig eingerichteten Vernichtungsanlagen bleiben ja bis auf weiteres völlig leer, abgesehen natürlich vom nötigen Bewachungs- und Wartungspersonal. Sie sind einzig und allein für den Ernstfall gebaut, um Vorsorge zu treffen, daß wir, falls es soweit kommen sollte, die nötigen Anlagen bereit haben, um mit unseren Feinden entsprechend verfahren zu können, auch mit denen, die der Feindschaft gegen uns hinlänglich dringend verdächtig sind, sowie natürlich, soweit wir ihrer habhaft werden können, mit den Frauen und Kindern von Feinden und Feindverdächtigen, weil dies eine der wirksamsten Methoden ist und bleibt, die Moral des Feindes zu untergraben.

Ja, selbst angenommen, wir bauen nicht nur die von unseren Statistikern und Planern als minimal notwendig errechnete Anzahl von Vernichtungslagern, sondern, um ganz sicher zu gehen, die zwanzig- bis vierzigfache Anzahl, mit allem Zubehör, angefangen von den Knochenmühlen bis zu den gut eingerichteten, gegen die eigentlichen Lager sorgsam abgeschirmten, von Blumenbeeten umgebenen Villen und Wohnungen für Verwaltungs- und Aufsichtspersonal, so machen wir uns damit keinerlei Verschwendung schuldig. Nicht nur schaffen wir in einer Zeit der Arbeitslosigkeit zahllose Arbeitsplätze, wobei es sich noch dazu um eine wahrhaft schöpferische Arbeit handelt, bei der der Arbeiter das Werk seiner Hände, die Baracken, Hinrichtungsanlagen und Blumenbeete förmlich aus dem Boden wachsen sieht, sondern wir tragen damit lediglich einem Gebot menschlicher Vorsicht und Voraussicht Rechnung. Die große Zahl dieser Lager, das Zwanzig- bis Vierzigfache des von Sachverständigen ermittelten Mindestbedarfs, ist ja weiter nichts als eine im Grunde selbstverständliche Vorsichtsmaßregel, um uns und den Unsrigen auch dann Sicherheit – oder doch Vergeltung – zu gewähren, wenn es dem Feind durch einen tückischen Überraschungsangriff tatsächlich gelänge, den größeren Teil unserer sorglich bereitgestellten Anlagen und unseres in diese Arbeit investierten Volksvermögens mutwillig und rücksichtslos zu zerstören. Dank der Vervielfachung unserer Bautätigkeit würden wir aber auch in einem solchen tragischen Fall immer noch über hinreichende Reserven an Vernichtungslagern verfügen, so daß dem in unsere Hände gefallenen Feind mit seiner gegen unsere Lager gerichteten Zerstörungsorgie in Wirklichkeit gar nicht geholfen wäre, was ihn vielleicht sogar von einem Angriff abschrecken könnte.

Bei unseren Annahmen müßten wir natürlich mit der Irrationalität rechnen, der manche Menschen erliegen. Gewiß fänden sich vereinzelte Extremisten, die sich gegen unsere Arbeit auflehnen würden. Mit ihren Propagandaumtrieben und Demonstrationen müßten wir rechnen, ja leider Gottes sogar mit Gewaltakten. In diesem Fall wäre mit großem Ernst zu erwägen, ob wir nicht das Recht, nein, geradezu die Pflicht hätten, solche Gesetzesbrecher und Gewalttäter zwangsweise einer nützlicheren Rolle zuzuführen, indem wir sie zu Versuchspersonen machen, an denen die Leistungsfähigkeit unserer neuen Anlagen noch vor Eintreten des Ernstfalles erprobt werden könnte. Jedenfalls wird sich die große Mehrheit unserer Mitbürger mit Gewißheit auch durch solche Gewalttäter und ihre nicht weniger mitschuldigen Freunde und Helfershelfer bei der Bewältigung der von uns in Angriff genommenen großen Aufgabe nicht mehr stören lassen.

Die Aufgabe selbst, der Bau umfassender Vernichtungsanlagen nach Art unserer Väter und Großväter, stand uns zunächst als gleichsam spielerische Annahme vor Augen, schien uns vielleicht sogar abwegig und ein wenig gewollt. Wir täten aber Unrecht, sie so zu sehen. Die Annahme, daß wir alle gemeinsam eine Reihe von Vernichtungslagern bauen, dient nämlich unserer Schulung, ähnlich, wie wir eine komplizierte Maschine, die wir selbst später zu bedienen haben werden, zuerst anhand eines vereinfachten Modells kennen und verstehen lernen können.

Diese im Grunde doch recht harmlosen, in all ihren Wirkungen noch gut überschaubaren Lager aus der Zeit unserer Väter und Großväter, die uns durch viele Geschichten, Berichte und Photos längst so gut bekannt sind, daß sie auf uns schon fast anheimelnd wirken, wie alles, was einem vertraut ist, sind hervorragend geeignet, unsere Vorstellungskraft auf schonende Weise anzuregen und uns im Kleinen auf unsere weit umfassendere heutige und morgige Tätigkeit und ihre noch gar nicht absehbaren Folgen vorzubereiten. Denn es ist ja keine bloße Annahme, daß sich die große Mehrheit unserer Bevölkerung in ihrer gemeinsamen Anstrengung, mit ihren Steuergeldern, ihrem Fachwissen oder ihrer Hände Arbeit Vernichtungsanlagen für den Ernstfall vorzubereiten, nicht stören lassen würde. Nein, sie läßt sich wirklich nicht stören, und sie bereitet wirklich Vernichtungsanlagen vor.

Wir alle unterstützen schon seit längerer Zeit tatsächlich – unmittelbar oder indirekt, dank allerlei Abmachungen – eine viel größer angelegte Arbeit an solchen Anlagen als die aller früheren Generationen. Das sind natürlich in Wirklichkeit längst nicht mehr die veralteten, zwar spottbilligen, dafür aber auch in ihrer Vernichtungsfähigkeit allzu beschränkten Konzentrationslager, sondern es sind unsere modernen, ja geradezu alle Zukunft vorwegnehmenden Anlagen, die wir heute für den Ernstfall bereitstellen, unsere neuen Methoden nämlich, den Feind zu vernichten, Waffen, in denen wir uns die Kraft der Materie selbst untertan machen, sowie ihre Abschuß- und Lagerungsvorrichtungen, ihre Bunker und Silos, ihre mit allen Überlebens- und Ferntötungsnotwendigkeiten ausgestatteten Koordinations- und Kommandozentren, nicht zu vergessen die Bakterien und Viren, die danach zum Einsatz kommen sollen.

Diese Anlagen haben natürlich gegenüber den Vernichtungslagern unserer Väter und Großväter den entscheidenden Vorteil, daß man damals die Menschen, deren Ausschaltung man beschlossen hatte, zuerst einmal fangen, sammeln und dann in mühsamen Transporten, die nicht ohne an Grausamkeit grenzende Härten zu bewältigen waren, den Vernichtungsanlagen zuführen mußte. Unsere Methoden aber schließen das Fangen und mühselige Zubringen von vornherein aus, was sie auch für ungleich größere Menschenmengen tauglich macht. Wir haben nicht mehr den Transport der auszuschaltenden Menschen zu bewältigen, sondern nur den ihrer Vernichtungsmittel. Die Menschen selbst werden dann an Ort und Stelle, womöglich in ihrer eigenen Heimat, ohne vorhergehende schmerzliche Trennung von Angehörigen und Freunden, ohne Deportation und Transporte mit deren unvermeidlichen Demütigungen und Mißhandlungen einfach vernichtet, mit noch nie dagewesener Wirksamkeit, und zum Großteil auch zugleich eingeäschert.

Wir machen uns – nebenbei bemerkt – durch Vorbereitungen zu diesem Schritt keinerlei wie immer gearteter Verbrechen schuldig, schon darum nicht, weil nach verläßlichen Informationen unserer beamteten Sachverständigen der in Frage kommende Feind gegen uns ganz ähnliche Anlagen bereitstellt.

Diese unsere harte Wirklichkeit fordert von uns natürlich ungleich größere Opfer als die alten idyllischen Vernichtungslager. Allein der nötige Aufwand an Steuergeldern erreicht schon heute eine ganz andere Größenordnung als selbst der Bau der zwanzig- bis vierzigfachen Zahl der als notwendig errechneten Vernichtungslager. Denn leider sind wir, ähnlich wie wir in unserer Gedankenübung zur Vermeidung der Vereitelung unserer Pläne durch den Feind die vierzigfache Zahl der ursprünglich für nötig gehaltenen Vernichtungslager gebaut haben, tatsächlich gezwungen nach den Regeln der sogenannten Übertötungs- oder Overkill-Vorsorge aus Sicherheitsgründen das Zwanzig- bis Vierzigfache der mindestens nötigen Waffen, Raketen und Raketensilos bereitzustellen

Dafür ist allerdings auch die Anzahl der Toten, die wir mit unseren neuen Rüstungen und Nachrüstungen erzielen, ja, garantieren können, unvergleichlich größer als die diesbezügliche Gesamtleistung aller Vernichtungslager der Zeit unserer Väter und Großväter.

Von denen, die nicht sogleich tot sein werden, und von der Art, wie sie die letzten Wochen, Monate oder Jahre vor ihrem Tod verbringen werden, soll hier gar nicht die Rede sein, obwohl unsere Anlagen auch in dieser Hinsicht nicht nur die Leistungen unserer Vorgänger, sondern auch deren kühnste Phantasien soweit hinter sich lassen, daß ihre umfriedeten Lager im Vergleich zu den Möglichkeiten unserer jetzigen Vorkehrungen ein reines Kinderspiel waren.

Erst in unseren Tagen können wir das, was damals bescheiden und in aller Heimlichkeit angefangen wurde, als zu seiner höchsten Entfaltung erblüht bezeichnen. Ungleich den Organisatoren der damaligen Vernichtungsanlagen brauchen wir heute auch das Licht der Öffentlichkeit nicht mehr zu scheuen. Was heute für den Ernstfall geplant ist, das ist – mindestens in seinen Grundzügen – allen bekannt oder könnte doch allen bekannt sein, die sich dafür interessieren wollen. Dank einer einerseits aufklärenden, andererseits beruhigenden und auf Ablenkung und heilsame Zerstreuung bedachten Volkserziehung durch Schule und Medien findet unser Beginnen zum Glück heute wenn nicht die aktive, so doch zumindest die passive Zustimmung der überwältigenden Mehrheit unserer Bevölkerung, so daß nur eine kleine radikale Minderheit ernstlich daran Anstoß zu nehmen versucht, die aber so gering ist, daß es im Ernstfall ein Kinderspiel sein wird, sie ein für allemal auszuschalten.

Rückblick auf die Hochkultur

Die Scharfrichter könnten noch heute an der Macht sein und könnten mit ihrer einschneidenden Vorliebe für drastische Verkürzung entscheidender Amtshandlungen immer noch ihr wirksames von unserem seither verwilderten und bürokratisch langatmig gewordenen Zeitalter so schmerzlich vermißtes Regiment über das ganze Land ausüben, das zu ihrer Zeit noch nicht geteilt war und das vielleicht im Grunde bis heute nichts besseres ersehnt als ihre Herrschaft – was man auch aus Sprichwörtern wie »Zuviele Köpfe, zu viele Meinungen« immer noch sehen kann – wenn nicht selbst ihnen, den mächtigen Scharfrichtern, eine noch größere Macht, nämlich die verwirrende Allmacht der Liebe, in die Quere gekommen wäre, natürlich auf eine Art und Weise, die sich nach den besonderen Umständen ihrer Tätigkeit und ihrer damit verbundenen Erfahrungen richtete.

Die Uneinigkeit, die dieses stärkste und gefährlichste aller menschlichen Gefühle unter die Scharfrichter brachte, beruhte auf Meinungsverschiedenheiten in der Auslegung ihrer Bräuche. Dabei handelte es sich keineswegs um grundlegende Unstimmigkeiten, sondern um an sich geringfügige Differenzen so spezialisierter Art, daß denen von uns, denen das Schicksal die besonderen Erfahrungen eines Scharfrichters erspart oder, wenn man so will, vorenthalten hat, die feineren Unterscheidungen, die die Scharfrichter in Bezug auf die Spielarten dieser Bräuche für nötig hielten, vielleicht geradezu grotesk und gar nicht mehr ohne weiteres verständlich scheinen mögen.

Alle Scharfrichter waren sich natürlich darüber einig, daß ihnen nach getaner Arbeit jenes Recht zustand, das die romantischeren Gemüter unter ihnen als *Nachliebe*, die mechanischer Denkenden aber als *Materialverwertung* zu bezeichnen pflegten, kurz, die Benutzung der Gerichteten zur Stillung jener Regungen, die in den Scharfrichtern erfahrungsgemäß durch die Ausübung ihrer Berufstätigkeit erwachten oder entscheidend ermutigt wurden, obgleich sie als Anlage schon zuvor in ihnen geschlummert, ja möglicherweise den Anstoß zu ihrer Berufswahl gegeben haben mochten.

Als Männer, die auf Standesehre hielten – ihr in Delinquentenhaut gebundenes Goldenes Buch trug auf der ersten Seite den mahnenden Spruch: »Ein Scharfrichter ohne Standesehre wäre ein Schlächter!« – waren sie sich, wenn auch erst nach einer Zeit erregter Debatten –, seit langem einig darüber geworden, daß es nötig sei, im Einklang mit ihrem Sprichwort »Erst die Arbeit, dann das Spiel!«, diese ihre Arbeit, sogar in den verlockendsten Fällen, zuerst auch wirklich zu beenden. Sie schnitten also längst nicht mehr etwa den auf dem stets frisch bezogenen Schneidebett, das den uralten Richtblock ersetzt hatte, von allen störenden Kleidungsstücken befreiten Hals eines zu Richtenden nur zur Hälfte ab, so daß die geöffnete Speiseröhre schon ihr Verlangen stillen konnte, wobei sie dem Halbtoten den Kopf nur hinreichend weit nach hinten bogen und ihn so in seinen letzten Zügen noch aus intimer Nähe zum Zeugen ihrer ersten leidenschaftlichen Bewegungen machten. Nein, diesem Spiel hatten die Scharfrichter ein für alle Mal mit großer Mehrheit als selbst unter dem Gesichtspunkt der Strafverschärfung nur wenig empfehlenswert und allzu grausam ein Ende gemacht. Seit damals war und blieb es unter dem Titel *Lebendenschändung* in ihre Liste der zwar nicht geradezu strafbaren aber doch eines Scharfrichters nicht eigentlich würdigen Betätigungen aufgenommen. Hingegen waren nach vollendeter Arbeit oder, wie sie es nannten, reinlicher Scheidung von Kopf und Rumpf, sowohl die Köpfe als auch die Körper der Scharfgerichteten ihren Scharfrichtern zum Zweck der Nachliebe oder Materialverwertung voll und ganz überlassen.

Da kein Anwärter Scharfrichter werden durfte, ohne zuvor die überaus strenge Menschlichkeits- und Toleranzprüfung bestanden zu haben, war es nicht weiter verwunderlich, daß auch die Toleranz der Scharfrichter untereinander schon längst den Vollzug dieser Materialverwertung oder Nachliebe unterschiedslos für Gerichtete jeden Geschlechtes und jeder Altersstufe freigegeben hatte, obwohl natürlich auch gerade in diesen Punkten die verschiedenen Scharfrichter ihre sehr verschiedenen Vorlieben hatten, falls es uns überhaupt gestattet ist, einen Begriff wie Vorliebe in einem Atemzug mit dem der Nachliebe zu verwenden. Der entscheidende Streit, der zu jenen überaus erbitterten Feindseligkeiten führen sollte, die schließlich der Herrschaft der Scharfrichter überhaupt und mit ihr der Ruhe und Ordnung im ganzen Land ein Ende mit Schrekken bereiteten, ging vielmehr von der auf den ersten Blick lächerlich nebensächlich scheinenden Frage aus, ob für die Zwecke der Nachliebe die Speiseröhre oder aber die Luftröhre der noch lebenswarmen Körper den Vorrang verdiene.

Um die Köpfe der Gerichteten war dieser Streit merkwürdigerweise nie entbrannt. Die Scharfrichter pflegten nach getaner Arbeit in ihrem Justizpalast, meist im Roten Prunksaal, in einem großen Kreis oder Oval oder auch in langer Reihe friedlich nebeneinander zu sitzen und die Köpfe nahe ihren Oberschenkeln ordentlich vor sich aufzupflanzen, ähnlich wie man solche Köpfe in alten Zeiten über den Stadttoren auf Spieße zu stecken pflegte. Dabei blieb es dem Belieben jedes einzelnen Scharfrichters anheimgestellt, ob er während des Vorganges dem von ihm betreuten Kopf ins Gesicht sehen oder dieses von sich fortwenden oder aber den Kopf von der Seite her sehen wolle, entweder während der ganzen Dauer des feierlichen Aktes von der selben Seite, oder aber abwechselnd von der einen und von der anderen. Denn auch die entsprechenden Drehbewegungen, das sogenannte Schrauben oder – bei ständigem Richtungswechsel – das Pendeln, waren üblich.

Ebenso war es der Vorliebe, beziehungsweise den Nachliebegewohnheiten eines jeden Scharfrichters überlassen, ob er den Kopf dabei mit sanftem gleichbleibendem oder wechselndem Druck auf den Scheitel, oder durch Festhalten der Ohren oder der langsam erkaltenden Wangen, oder aber durch Hoch- und Niederziehen der Haare handhaben wollte. Einzig und allein die Verwendung des Mundes der Gerichteten war allgemein geächtet, und das mit gutem Grund. Alle Scharfrichter hatten schon als Kinder die Geschichte jenes unglücklichen Scharfrichterlehrlings gelernt, der die offenen, von ihrem Lebensblut geröteten und glitschigen Lippen einer eben erst gerichteten jungen Frau so unwiderstehlich fand, daß er nicht an die krampfhafte und überaus heftige Reflexreaktion der Kiefer eines abgeschlagenen Kopfes dachte, wenn Gaumen oder Zunge desselben heftig gereizt werden.

Wie gesagt, der eigentliche Streit entbrannte nicht um die Köpfe, sondern um die Rümpfe, und zwar als Streit zwischen der Speiseröhrenpartei und der Luftröhrenpartei. Schon kurz nach seinem Ausbruch half da kein Standesbewußtsein mehr, und die Anhänger jeder der beiden Lehren verunglimpften ihre Gegner mit den verschiedenartigsten leidenschaftlichen Argumenten.

Die Luftröhrenliebhaber fanden die Tätigkeit der Speiseröhrenverwerter (Worte wie Liebhaber oder Freunde wurden bei der Beschreibung der Neigung der Gegenpartei schon lange nicht mehr verwendet) einfach ekelerregend. Sie stützten diese Ansicht auf die Tatsache, daß der Magen eines Gerichteten, vielleicht auf Grund der Erschütterung durch das Abtrennen des Kopfes, kurz zuvor eingenommene Speisen, zum Beispiel eine Henkersmahlzeit, oft wieder nach oben wirft. Vergebens wandten die Speiseröhrenfreunde ein, daß sie ihre Klienten immer die letzten drei Tage vor der Justifizierung fasten ließen, schon um derlei Unliebsamkeiten abzuwenden, Unliebsamkeiten, deren Vermeidung ja schließlich auch im Interesse der zu Richtenden selbst liege, denen es doch peinlich sein müsse, sich ein dermaßen unschönes Verhalten ihres Körpers kurz nach der Trennung von Kopf und Rumpf auszumalen. Die meisten der zu Richtenden, erklärten die Speiseröhrenfreunde unter den Scharfrichtern, hätten aus diesem Grunde sogar freiwillig noch ein stark wirkendes Brechmittel eingenommen, um ihren Magen noch bei Lebzeiten so zu reinigen, daß sie seines späteren Wohlverhaltens sicher sein konnten.

Die Speiseröhrenschwärmer, wie sich diese gelegentlich auch nannten, beschränkten sich aber nicht auf die Verteidigung, sondern griffen ihrerseits die Luftröhrenverwerter an. Erstens fanden sie jede allzu enge Berührung mit der Luftröhre ausgesprochen unappetitlich. Bei Speisen, sagten sie, achte jeder gewissenhafte Nahrungsmittellieferant, ebenso wie jeder Koch und Esser peinlich auf Frische und Sauberkeit, daher sei auch gegen die Speiseröhre in

Wirklichkeit nichts einzuwenden. Für die Luftröhre aber lasse sich eine ähnliche Attraktivität beim besten Willen nicht in Anspruch nehmen. Mit der Weiterentwicklung unserer Zivilisation sei bekanntlich die Luft immer mehr verschmutzt worden. Ruß, Staub, metallische und andere Verunreinigungen würden, ob man es wolle oder nicht, dauernd eingeatmet, von Nikotin und Teer ganz zu schweigen, und dem entspreche daher auch unweigerlich der Zustand einer jeden Luftröhre, von der Kehle bis in die Lungen hinein. Außerdem aber warfen sie den Luftröhrenverwertern Rücksichtslosigkeit und posthume Roheit vor, da ja die Luftröhre wesentlich enger sei als die Speiseröhre. Sie beschuldigten sie allzu gewaltsamer Praktiken an den wehrlosen Körpern, deren Luftröhren nicht nur den unvermeidlichen, aus Schönheitsgründen meist kauterisierten Querschnitt, sondern eben auch furchtbare und skandalöse Längsrisse aufzuweisen hätten, für die es keine harmlose Erklärung gebe. Solche Praktiken seien einer Vergewaltigung gleichzusetzen. Die Speiseröhrenliebhaber sprachen allen Ernstes den Verdacht aus, daß nur die stärkere Reibungs- und damit verbundene Reizwirkung durch die von Natur aus zarter und enger angelegte Luftröhre jene Luftröhrenschänder, wie sie ihre Kollegen schimpften, zu ihrer scheußlichen Verfehlung verführt habe.

Luftröhrenverwender hingegen, die sich, gerade wegen der größeren Zartheit der von ihnen bevorzugten Stelle, auch als Luftröhrenanbeter oder Tracheophile zu bezeichnen pflegten, wandten dagegen ein, sie gingen so zärtlich und behutsam zu Werke, daß die Luftröhren der von ihnen Nachgeliebten nachweislich in bestem Zustande seien. Dafür seien auch zahlreiche Liebesgedichte ein Beweis, die den Nachruhm der Luftröhrenöffnung ihrer Nachgeliebten auf die schönste und verklärteste Weise besängen. Auf Grund der allgemein bekannten Zusammenhänge zwischen dem Guten, dem Schönen und dem Wahren mache schon diese Tatsache allein eigentlich jeden weiteren Beweis überflüssig.

Darauf erwiderten die Speiseröhrenliebhaber oder – wie ihre Kollegen von der Luftröhrenpartei sie nunmehr meist nannten – Speiseröhrenfanatiker, falls dies alles stimme, so müßten die Kollegen Luftröhrenverwerter recht kümmerlich unterentwickelt sein, sonst bestände bei den durch die allgemeine Exekutionsstatistik und hochspezialisierte Halsanatomie hinlänglich bekannten Daten über die vergleichsweise Größe des lichten – oder eigentlich dunklen – Durchmessers der Speiseröhre und der Luftröhre nicht der leiseste Zweifel über die völlige Untauglichkeit der Luftröhre zu den Zwecken, an die die Kollegen ihr Herz gehängt hatten, um dies schonend auszudrücken. Jedenfalls wollten sie selbst, die Speiseröhrengenießer, es weiterhin mit der eigens hierfür erschaffenen Speiseröhre halten, statt sich einer so strafwürdigen Verirrung hinzugeben.

Damit war die Sprache erstmals auf Strafwürdigkeit gekommen. Da es aber zur Zeit der Herrschaft der Scharfrichter selbstverständlich nur eine einzige Form der Bestrafung gab, hatte der Streit damit eine neue Stufe erreicht. Von nun an mußte jede der beiden Parteien befürchten, im Falle ihrer Niederlage oder auch nur der Gefangennahme des einen oder anderen der Ihren bei einem der immer häufigeren Zusammenstöße mit der Gegenpartei nicht nur abgeurteilt und gerichtet zu werden, was schließlich als mehr oder minder selbstverständlich galt, sondern nachher gerade jener Behandlung unterworfen zu werden, durch deren leidenschaftliche Ablehnung der Bruderzwist zwischen den beiden Parteien entstanden war.

Die weitere Geschichte, wie jener Bruderzwist immer grausamer wurde und zuletzt seinen Gipfel und sein entsetzliches Ende erreichte, und wie mit diesem Ende zugleich die Scharfrichterherrschaft selbst ein Ende nahm und mit ihr nicht nur die schönsten und reichsten Blüten unserer Kultur anscheinend für immer verwelkten, sondern wie seither leider auch Ruhe und Ordnung nur noch fast sagenhafte Erinnerungen aus alter Zeit sind, darf noch als allgemein bekannt vorausgesetzt werden. Ja, selbst wenn dies nicht mehr zutreffen sollte, kann man die Schilderung der unvorstellbaren Greuel, zu denen es in den fortgeschrittenen und letzten Phasen dieses Kampfes kam, keinem fühlenden Wesen zumuten. Es gibt Grenzen, die der Mensch nicht ungestraft überschreiten kann. Deshalb mag es für diesmal genügen, noch einmal darauf hinzuweisen, aus welch harmlosen und geringfügigen Meinungsverschiedenheiten, selbst unter einander nahestehenden höchst kultivierten Menschen, wie es die Scharfrichter zweifellos waren, eine Katastrophe von unabsehbaren Ausmaßen entstehen kann. Sollte sich die Menschheit je wieder auf eine vergleichbar hohe Kulturstufe erheben, so wird sie ihre Waffen auf das sorgfältigste schleifen und bei Tag und Nacht mit der Aufmerksamkeit eines Tigers wachen müssen, den blanken Stahl immerzu in der Hand, um schon die ersten Anzeichen auch nur der geringsten neuen Unstimmigkeit mit der Schärfe des Schwertes ein für alle Mal aus der Welt zu schaffen.

Richtigstellungen

Wie ungenau auch der am ehrlichsten gemeinte Bericht werden kann, wenn man einen Vorfall nicht selbst miterlebt hat, habe ich an einem kleinen aber lehrhaften Beispiel erfahren. Ich hatte in einem Gedicht *Fünf Säue* (im Band *Lebensschatten*) anhand mehrerer Episoden die Tendenz von Polizisten verschiedener Länder und Zeiten geschildert, Frauen, die von ihnen mißhandelt wurden, als Säue zu bezeichnen. Dort habe ich auch beschrieben, wie im Mai 1980 in Bremen anläßlich einer feierlichen öffentlichen Vereidigungszeremonie der Bundeswehr Ernestine Zielke, eine ältere Frau, die mit einigen anderen Pazifistinnen friedlich gegen diese Zeremonie demonstriert hatte, nachher auf dem Heimweg von Polizisten mißhandelt wurde.

Fünf Säue

»Da hast du, du Sau!« sagte der Polizist
der den Knüppel schwang
im Ständestaat Österreich
zu der Studentin die Blut und Zähne spuckte
»Und weißt auch, warum?
Net weilst a Nazi bist.
I wer dir was sagn:
Ich bin selber a Nazi!
Sondern weil du der Polizei
solche Schwierigkeiten gemacht hast.«
Die letzten Worte waren beinahe schon hochdeutsch

Auch Rosa Luxemburg
hieß »die Sau«
für die die da riefen
»Die Sau muß schwimmen!«
Sie meinten den Landwehrkanal

Und nach der Verhaftung
Ulrike Meinhofs erklärte
ein Sprecher der Polizei einem Journalisten
»Zu Menschen sind wir menschlich
zu einer Sau eine Sau
wenn nötig sogar eine Wildsau!«

Und als in Bremen Frau Ernestine Zielke
über sechzig

auf dem Heimweg vom Weserstadion
unter den Knüppeln fiel
hieß es »Aufstehen du alte Sau!«
Beim Aufstehen wurde sie wieder zu Boden geschlagen

Es waren die gleichen Knüppel
die in London in Notting Hill
die schwarzen Mädchen trafen
Da hieß es »Dirty black sow!«
Das ist leicht übersetzbar

Meine Gewährsleute waren Intellektuelle, ein mir seit vielen Jahren bekanntes Professorenehepaar, verläßliche keineswegs extremistische Menschen, in deren Haus Frau Zielke nach dieser Niederknüppelung wochenlang krank gelegen hatte. Viel später aber erfuhr ich von Frau Zielke selbst, daß meine kurze Schilderung dennoch einige Fehler und Ungenauigkeiten enthielt, deren Richtigstellung nicht nur mir Gewissenssache, sondern vielleicht auch für andere interessant ist.

Als ich im Jahr nach dem geschilderten Ereignis und etliche Wochen nach Veröffentlichung meines Gedichtbandes in Bremen war, um einige meiner Arbeiten vorzulesen, wurde ich von Frau Zielke, die sich mittlerweile gut erholt hatte, begrüßt. Sie habe sich über das Gedicht gefreut, wolle nun aber einiges richtigstellen. Erstens sei sie nicht 60 sondern nur 58 Jahre alt gewesen.

Ich entschuldigte mich etwas verlegen und sagte, man habe mir gesagt, sie sei sechzig Jahre alt, ich wisse nicht, wieso es zu diesem Irrtum gekommen sei. »Ach, das ist eigentlich meine eigene Schuld«, informierte sie mich: »Ich habe es selbst gesagt.«

Nun war Frau Zielke nicht die Art Frau, die sich älter macht als sie ist, um erlittenes Unrecht noch ärger und sensationeller darzustellen. Ich fragte also weiter und erfuhr, daß sie, als die Polizisten auf sie einschlugen, merkte, daß es lauter recht junge Polizisten waren. In ihrer Angst schrie sie, als sie schon auf dem Boden lag und immer noch geschlagen wurde: »Schlagt mich nicht, ich bin sechzig Jahre alt.« Daraufhin hörten die jungen Polizisten tatsächlich auf, sie zu schlagen. Das merkte ein älterer ranghöherer Polizist, trat hinzu und fragte die jungen Kollegen: »Is was?« – »Ja«, antworteten sie etwas verlegen: »eine alte Frau.«

Der ranghöhere Polizist, offenbar entschlossen, diesen Neulingen die Gleichheit aller vor dem Gesetz und seinen Vollstreckern beizubringen, fragte daraufhin: »Na und?!« Dann riß er Frau Zielke mit den Worten »Aufstehn, du Sau!« unsanft hoch und schlug sie vor den Augen der jungen Polizisten, bis sie wieder zu Boden fiel. Das ist der wahre Hergang der Geschichte.

Die von mir in meinem Gedicht gebrauchten Worte »Aufstehn du alte Sau!« sind also glatte Verleumdung des Polizisten, da dieser, obwohl selbst ein älterer Mann, offenbar aus tiefster Überzeugung jede Begünstigung des Alters gegenüber der Jugend ablehnte. Eine solche Auffassung von Gleichheit aller Altersstufen muß ihn, den Älteren, gerade zur Unterweisung junger Polizisten ganz besonders befähigt haben. Wäre die Sache vor Gericht gekommen, etwa unter der in derlei Fällen so häufigen Anklage des Widerstandes gegen die Staatsgewalt, so hätte der Rechtsbeistand des Polizisten sicher nicht verfehlt, die Behauptung der nur achtundfünfzigjährigen Frau Ernestine Zielke, sechzig Jahre alt zu sein, als ausgesprochene Lüge kenntlich zu machen, die nicht nur ihren Wunsch nach unfairer Begünstigung verrate, an sich schon Anzeichen eines ernstzunehmenden Charakterfehlers, sondern die grundsätzlich jeden Anspruch auf Glaubwürdigkeit widerlege. Eine Frauensperson, die sich, um Vorteile zu ergattern, fälschlich ein sozusagen ehrwürdiges Alter anmaße, sei auch durchaus imstande, Wächter der öffentlichen Ordnung zu verleumden, die gegen sie einschreiten mußten. Vermutlich habe sie sich auch selbst zu Boden geworfen, um sich dort herumzuwälzen, wie das eher einem Rüsseltier als einer anständigen Frau gezieme. Durch seinen darauf bezüglichen Zuruf, sowie durch das zugegebenermaßen den Umständen entsprechend etwas derbe Hochreißen der am Boden Liegenden habe der Polizist diese wohl nur wieder in den Zustand der Menschenwürde versetzen wollen, was die halsstarrige Frau allerdings vereitelt habe, indem sie sich abermals fallen ließ. So etwa hätte ein Wortführer der Polizei rechten können. Man sieht schon daraus, wie verwirrend solche kleinen Episoden für den sein können, der nicht selbst Augenzeuge sein durfte.

Københavns Amts Sygehus Gentofte

Amts Sü-Hus. Aber die Buchstaben sind anders. Es sind *mehr* Buchstaben. Auf dem Schild steht Sygehus – mit Y. Die mittlere Silbe wird verschluckt, wie oft im Dänischen. Amts Sygehus. Um das zu verstehen, muß man nicht dänisch können. Amts heißt Amts. Das Amt ist das Kreisamt, der Bezirk. Der Bezirk Gentofte, der ein Dorf war, bevor Kopenhagen groß wurde. Ein Dorf mit einem Amtmann. Sygehus heißt Siechenhaus, Kopenhagener Bezirkskrankenhaus Gentofte. *Sü*, geschrieben *syge, siech*, auf englisch »sick«, ist ein altes Wort für Kranksein: Siechen. Dahinsiechen.

Hier in diesem großen, halbdunklen Raum ist niemand krank. Niemand siecht dahin. Hier herrscht Ruhe.

Ruhe. Noch nie zuvor kann man so genau gewußt haben, was Ruhe ist.

Vor vielen Jahren, in einer unerschlossenen Tropfsteinhöhle, ist einem die Lampe aus der Hand gefallen und erloschen. Da war es finster. Kein Unterschied, ob man die Augen öffnete oder zumachte oder nach einer Weile wieder öffnete. So ist jetzt diese Ruhe: Kein Unterschied, ob man atmet oder zu atmen aufhört, ob man horcht oder ob man nichts mehr hören will, ob man hinsieht oder ob man nicht hinsieht.

Als Kind, wenn man am Morgen erwachte und krank war und zuerst nichts fühlte, als daß die Hände schwer und schwerfällig waren, glaubte man, die Finger seien über Nacht dicker geworden. Wenn man die Faust ballte, schien jede Bewegung in den Fingern sehr lange zu dauern und irgendwie nachzuhallen, ähnlich wie ein Echo, ganz zuletzt, wenn man es nicht mehr hören aber noch spüren kann. So ist es jetzt mit dem Hinsehen: Die Augen sind schwerer geworden und es dauert lange, und es hallt dann irgendwie nach. Nicht, daß das Licht zu schwach wäre. Nein, der Mann, der die Türe zum halbdunklen Raum geöffnet hat, muß in dem Raum eine Lampe angeknipst haben. Kein Scheinwerfer, aber hell genug.

Nur das Gesicht. Das Gesicht und das Haar. Das Gesicht und das Haar und der Hals. Das Gesicht und das Haar und der Hals und die weiß verhüllten Schultern und Arme. Und die Hände. Sonst nichts, aber das ist alles.

Das Gesicht und der Hals, umrahmt und umgrenzt von einer Art weißem Spitzenkragen. Nicht wirklich Spitzen. Billiger Stoff oder auch Papier. Ungewiß, ob Stoff oder Imitation. Ungewiß und unendlich unwichtig. Aber sehr weiß und sehr altmodisch.

Die Frauen, die so etwas wirklich getragen haben, müssen schon lange tot sein. Schon lange. Wenn das etwas heißt. Wenn man lange tot sein kann. Wenn es da *lang* und *kurz* gibt, wenn man nicht nur entweder leben oder totsein kann. Totsein. Ob es dann eigentlich noch heißen kann »man ist tot«? Oder »Ein Mann ist tot«? Oder eine Frau oder irgendwer? Oder *ist*, oder *gewesen*, oder überhaupt noch etwas außer *tot*?

Und ob dieses Gesicht noch ein Gesicht ist? Neben einem, im Halbdunkel, sagt der, der einen kennt, mit dem man hergekommen ist, leise aber ganz deutlich auf Englisch: »I don't feel that this is still *her*.«

Er hat nicht das Gefühl, daß das noch *sie* ist. Man hört diese Worte und man versteht sie, und sie betreffen einen nicht. Die Stimme ist deutlich hörbar, aber sie hat die Ruhe nicht unterbrochen. Wenn man sie nicht deutlich gehört hätte, oder nicht *alles* deutlich, oder wenn man sie gehört aber nicht verstanden hätte, wenn man vielleicht die Sprache nicht verstanden hätte, dann wäre sie ein Geräusch gewesen. Dann *hätte* sie die Ruhe gestört. Aber das Geräusch der Worte ist in ihrem Sinn aufgegangen, und der Sinn ist in etwas anderem aufgegangen, als man zu dem Gesicht hinsah. Der Sinn betrifft einen nicht mehr.

Dieser Mensch soll also kein Mensch mehr sein. Dieses Gesicht soll also kein Gesicht mehr sein. Aber dieses Gesicht ist ein Gesicht. Dieses Gesicht ist ganz und gar ein Gesicht, das man kennt und das man kennen wird, wie man es noch nie zuvor gekannt hat.

Dieses Gesicht ist und ist und ist. Es gibt nichts, was so *ist* wie dieses Gesicht, es gibt nichts, was so dauert wie dieses Gesicht, obwohl man nicht einmal weiß und sagen kann, ob die Augen offen oder zu sind. Obwohl man nicht weiß und nicht sagen kann, ob es schärfer oder weicher geworden ist als es war, zuletzt oder früher oder viel früher.

Dieses Gesicht ist dieses Gesicht, und die Schultern sind diese Schultern, und diese Arme und diese Hände *sind* diese Arme und diese Hände, der Arm und die Hand auf der anderen Seite, und der Arm und die Hand auf dieser Seite, die Hand mit dem Finger, der einen Ring trägt. Und eine Stimme, die zuvor an der Tür gefragt hat, wer man ist und wen man sehen will, fragt jetzt, ob der Ring abgenommen werden soll. Und die andere Stimme, die man kennt und die englisch gesprochen und gesagt hat »I don't feel that this is still her«, sagt jetzt dänisch: »Nej«, und man antwortet mit und schüttelt im halbdunklen Raum verneinend den Kopf. Der Ring soll *nicht* abgenommen werden.

Es gibt einiges, was es nicht gibt. Es gibt eine Aufmerksamkeit, die keine Aufmerksamkeit ist. Es gibt ein Sichumsehen, das nichts sieht, das glaubt, voll Ruhe zu sein, und das vielleicht so ruhelos ist wie sonst nichts, und das eigentlich nichts will als nur einem Gesicht ausweichen, oder das doch wenigstens noch irgendetwas außer diesem Gesicht sehen will, und außer den Schultern und den Armen und den Händen und dem Ring am einen Finger und dem altmodischen weißen Spitzenkragen. Es gibt ein aufmerksames Insichaufnehmen aller Einzelheiten des halbdunklen Raumes, das es aber zugleich *nicht* gibt, weil man nachher nicht einmal mehr wissen wird, ob es da Stufen gab oder nicht, und ob da Bänke und Stühle gestanden haben, und ob es noch eine zweite Lampe gab. Es gibt ein Nichtsehenwollen dieses Gesichtes, obwohl es nichts gibt als das Nochsehenwollen dieses Gesichtes. Es gibt eine Ruhe und eine Würde, die es nicht gibt. Denn die Ruhe und die Würde eines toten Menschen ist keine Ruhe und keine Würde, genau so wie sie keine Unruhe und keine Würdelosigkeit ist. Es gibt sie genau so wenig wie es einen Himmel gibt, der nur die leere Luft über der Erde ist und nur der leere Raum über der leeren Luft ist. Und doch gibt es den Himmel, den es nicht gibt, und die Ruhe und die Würde, die es nicht gibt.

Die Ruhe und die Würde der Toten. Das ist Unsinn. Jeder Stein liegt so ruhig, jedes Stück Holz, jede weggeworfene Flasche. Man könnte genau so gut den offenen Särgen Ruhe und Würde zuschreiben wie den Toten, die in ihnen liegen. Das stimmt. Aber es betrifft einen nicht, daß es stimmt. Unsinnige Ruhe und Würde ist immer noch Ruhe und Würde. Ruhe und Würde wie nichts sonst. Jemand hat gesagt, die Toten zerfallen nur deshalb, weil die Natur ihre Ruhe nicht lange ertragen kann. Auch das ist Unsinn. Unsinn von derselben Art. Wenn die Toten nicht zerfielen, dann gäbe es nichts, was so dauerhaft wäre und so wirklich wie die Toten. Dann wäre alles anders. Dann könnte man sich an die Toten gewöhnen und müßte sich nicht von ihnen trennen. Dann müßte man nicht sagen, daß das gar nicht mehr sie sind. Dann würde man die Toten im täglichen Leben um sich *haben* und gebrauchen, wie man Hausrat hat und gebraucht, Möbelstücke. Dann wären sie da, im Zimmer und in der Küche und auf dem Treppenabsatz und im Garten, dann könnten sie manchmal eine Stütze für Bücherbretter oder für Lampen sein, oder für Esser und Trinker oder für Liebende, oder sie könnten im Kinderzimmer an der Wand lehnen, so daß kein Kind allein sein und sich vor dem Einschlafen fürchten müßte. Dann wären die Toten so da wie die Lebenden, die dann nicht immerzu vergessen könnten, daß sie sterben, aber denen die Toten die Angst vor dem Tod nehmen würden. Das alles ist Unsinn.

Die anderen sind fort. Nur das Gesicht ist da, und der weiße Spitzenkragen ist da, und die Schultern sind da, unter dem weißen Stoff, und die Arme und die Hände, und der Ring an der einen Hand ist da, und das, was *nicht* wie ein offener Sarg aussieht. Aber nichts ist so da wie das Gesicht. Das Gesicht, das das Gesicht ist, das es nicht mehr ist. Das Gesicht, das immer das Gesicht bleiben wird und das man sieht, wie man es noch nie gesehen hat, obwohl man nicht einmal weiß, ob seine Augen offen oder geschlossen sind, und obwohl man das auch nie mehr wissen wird.

Das Gesicht ist größer, weil es näher ist. Über dem Gesicht gibt es eine Stirne mit kurzem Haar. Dieses kurze Haar berührt man mit den Lippen und riecht es mit der Nase. Es riecht, wie es früher gerochen hat. Nichts hat sich geändert. Die Hand mit dem Ring ist größer, weil sie näher ist. Die Hand mit dem Ring ist groß und man berührt sie mit den Lippen. Sonst nichts, aber das ist alles. Alles ist ruhig. Alles ist so ruhig wie sonst nichts.

Die Stimme, die gefragt hat, ob der Ring abgenommen werden soll, ist wieder da. Eine Schere ist da, und man nimmt sie in die Hand. Zwei oder drei sehr kleine Büschel von Haarenden werden abgeschnitten und kommen in einen Briefumschlag, der zugleich mit der Schere gekommen ist. Auf dem Briefumschlag steht:

Københavns Amts Sygehus
1 Gentofte
2900 Hellerup

Irgendwann wird man diese Worte vergessen. Aber jetzt will man vergessen, daß man vergessen kann.

Der Briefumschlag wird zugeklebt und kommt in die Brieftasche, die man bei sich trägt. Kein Andenken, sondern ein Wunsch, etwas wegzuwerfen. Ein Wunsch aus diesem Gesicht, als dieses Gesicht noch nicht so war wie jetzt, als es noch Worte sprach. Worte, daß nicht *alles* hier in diesem Land verbrannt und vergraben werden solle, wenn es in diesem Land sein werde, sondern daß *etwas* in einem anderen Land sein und dort weggeworfen werden solle, verstreut, in England, unten in Sussex, an einer Stelle im Freien. An einer Stelle, die dieses Gesicht gerne gesehen hat.

Es war vielleicht schwer für das Gesicht, so einen Wunsch auszusprechen. Gleich auf den Wunsch waren fragende Worte gefolgt, ob so etwas gewünscht werden könne, ob so etwas nicht dumm sei. Jetzt spricht dieses Gesicht keinen Wunsch mehr aus. Aber jetzt ist es nicht schwer gewesen, so etwas zu tun. Jetzt ist es nicht schwer gewesen, die Haarenden abzuschneiden und in einen Briefumschlag zu legen. Und jetzt wird es vielleicht nicht schwer sein, sie nach England zu bringen, an die Stelle unten in Sussex, und sie auszustreuen. Das ist einfach. So einfach, wie einem kleinen Kind, das weint, Milch zu geben.

Das Gesicht über dem Spitzenkragen hat kleine Kinder gesehen und hat zu ihnen gesprochen, während sie zu weinen aufhörten und Milch tranken. Es war noch nicht *dieses* Gesicht, aber es war *doch* dieses Gesicht.

Der Mann, der die Schere und den Briefumschlag gebracht hat, der nach dem Ring gefragt hat, der die Türe zu diesem halbdunklen Raum geöffnet und die Lampe angeknipst hat, ist da. Er ist da und sieht einen an. Er ist da und begleitet einen zur Türe. Die Lampe scheint immer noch auf das Gesicht. Man geht hinaus. Nicht allein. Der, mit dem man hergekommen ist, der, den man kennt, der, der auf die Frage nach dem Ring »Nej« gesagt hat, kommt mit ins Freie. Aber der Mann, der die Lampe angeknipst und nach dem Ring gefragt hat, ist nicht mit herausgekommen. Er ist zurückgeblieben, in dem Raum, der durch die halboffene Türe dunkler aussieht als zuvor. Die Türe schließt sich von innen.

Maßlebchen

Ich weiß nicht, ob es mich noch gibt. Nein, das ist natürlich falsch, zu negativ ausgedrückt, viel zu negativ. Ich dürfte eigentlich höchstens sagen, ich weiß es manchmal nicht – nur ab und zu, gar nicht oft, ja im Grunde nur selten – also ich weiß hin und wieder nicht ganz genau, nicht ganz und gar sicher, ob es mich wirklich noch gibt. Auch das selbstverständlich nur in gewissem Sinne, ich meine, etwa so, wie es eine Briefmarke für einen Markensammler eigentlich nur gibt, solange keine ihrer Zacken fehlt und sie keinen Riß oder Knick hat. Denn sonst gibt es mich natürlich nach wie vor und ohne allen Zweifel.

Wenn ich irgendeine Blume mit vielen Blütenblättern wäre, dann würde ich mich während einer solchen Anwandlung von Ungewißheit vielleicht pflücken und die Blütenblätter prüfend betrachten, welche noch schön aussehen und welche nicht mehr frisch sind, sondern zu schrumpfen oder sich zu verfärben begonnen haben. Die schlechten würde ich ausreißen: »Das bin nicht mehr ich, das auch nicht, das auch nicht mehr, das auch nicht. Das *bin* noch ich, das vielleicht auch noch, das wieder nicht mehr, das auch nicht mehr. Das wieder noch ich.« So würde sich ein kleiner Haufen abgerissener Blütenblätter bilden, außer wenn der Wind sie wegbliese, was natürlich geschehen könnte.

Und dann würde ich wahrscheinlich haltmachen, mitten im Aussortieren: »Wenn mehr ausgerissen werden müssen als noch bleiben, dann stimmt es ja gar nicht.« Dann hätte ich nämlich die falschen ausgerissen, denn dann bin *ich* jetzt das, was sich schon verfärbt oder schon zu schrumpfen begonnen hat, und die anderen sind nur noch ein Überrest von dem, was war, aber was ich gar nicht mehr bin.

Ich würde die halbzerrupfte Blume ansehen und würde die Achseln zucken: »Das hätte ich mir früher überlegen müssen. Jetzt ist es nicht mehr gutzumachen.« Und schließlich, nach einigem Zögern, würde ich die Blume fortwerfen. Ungern, aber doch. Was bliebe mir sonst übrig?

Nur bin ich zum Glück nicht wirklich ein Gänseblümchen oder Maßliebchen oder irgendetwas von dieser Art. Und weder ich noch sonst jemand dächte auch nur daran, mich zu zerrupfen. Ich kann also unbehelligt weiterleben und habe wirklich kaum Grund, den Kopf hängen zu lassen oder mich vom Leben zerpflückt zu fühlen.

Ein Unhold

Ich kannte einen Alten, der kam über seinen Tag nur weg, indem er sich von Zeit zu Zeit zurücklehnte und die Augen zumachte. Dann hatte er einen zufriedenen Gesichtsausdruck. Als ich ihn fragte, woran er denn denke, gestand er überraschend bereitwillig, es sei immer dieselbe Vorstellung, die ihm helfe, Leib und Seele zusammenzuhalten: Er nimmt ein Mädchen bei der Hand, entweder schon nackt, oder er zieht sie aus oder hilft ihr beim Ausziehen. Dann hält er sie ganz fest im Arm, küßt sie, streichelt auch noch ihre Haare und schneidet ihr dann mit zwei schnellen Schnitten, ja manchmal, wenn er sie zuvor ganz richtig zu fassen bekam, sogar mit einem einzigen Schnitt, beide Hoden ab: »Ist ja nichts Unrechtes, wenn ich mir das so vorstelle, denn sie hat doch ohnehin keine, also kann ja gar nichts geschehen«, sagte er, verschmitzt lächelnd.

Er ist natürlich, wie so viele Unholde, eigentlich harmlos, oder er ist, wie so viele Harmlose, eigentlich ein Unhold. Aber bin dann ich selbst nicht auch ein Unhold, schon deshalb, weil sein wiederkehrender Tagtraum auf mich solchen Eindruck gemacht hat, daß ich ihn jetzt sogar niedergeschrieben habe? Und wieso habe ich eigentlich am Anfang gesagt: »Ich kannte einen ...?« Heißt dieses dürftige Wissen denn wirklich schon Kennen? Ich weiß doch sonst sehr wenig von ihm. Oder nehme ich da heimlich irgendwelche Gemeinsamkeiten an, etwas, womit ich mich vielleicht unversehens identifiziere? Habe ich mir Grausamkeiten aus Zeitungsberichten wirklich nur aus Entsetzen gemerkt, wirklich nur aus Entsetzen darüber gesprochen?

Wie verhielt sich das eigentlich mit Goya und seinen *Schrecknissen des Krieges* und *Schwarzen Bildern*? Ich jedenfalls kann mich aus meiner frühen Kindheit erinnern, daß ich mich, als ich im großen grünen Tausendundeinenacht-Band auf dem Nachttisch meines Vaters eine Zeichnung von Mädchen gesehen hatte, die geköpft werden sollten oder auch schon geköpft wurden, in den nächsten

Wochen wiederholt als Scharfrichter träumte, der den Mädchen befahl: »Nacken her!« Das Wort Nacken hing für mich nicht nur mit den entblößten Hälsen und halbentblößten Leibern im Buch zusammen, sondern auch mit dem Wort *nackt*. Ich war damals vier oder viereinhalb Jahre alt, denn ich konnte noch nicht lesen. Später muß ich diese Träume vergessen haben, aber als ich mit zwölf Jahren in Goethes *Faust* las, wie Gretchen sagt:

»Schon zuckt nach jedem Nacken
Die Schärfe, die nach meinem zückt«

war ich außer mir, weil mir diese Träume plötzlich wieder einfielen. Den alten Mann mit seinen Tagträumen, die er für harmlos hielt, weil sie anatomisch nicht der Wirklichkeit entsprachen, habe ich leider nicht nach Kindheitserinnerungen gefragt.

Etwas Neues

»Nur etwas Neues macht Eindruck. Du mußt etwas zu sagen haben, was noch niemand gehört hat, sonst interessiert es keinen.«

»Gut, ich sag dir etwas, was noch niemand gehört hat. Weil wir gerade beim Hören sind: Ich höre nämlich immer, wenn es ganz still ist, besonders in der Nacht, Vögel zwitschern. Immerzu.«

»Das ist nichts neues. Die Vögel gibt's gar nicht. Das ist eine Störung der Gehörsnerven, Otosklerosis, und solche Krankheiten ...«

»Nein, das meinte ich auch nicht mit dem Neuen. Aber was ich mir dazu gedacht habe, das ist das Neue: Ich weiß, daß es diese Vögel nicht gibt, aber sie machen so einen Krach, daß ich es nicht mehr aushalte. Ich geh' zum Spezialisten, er soll mir mindestens die drei, die am lautesten zwitschern, umbringen. Möglichst schmerzlos, natürlich. Vielleicht könnte er auch einen Tierarzt hinzuziehen. Das ist dann zwar immer noch etwas tierfeindlich, aber mir wäre geholfen.«

»Tierfeindlich zwar nicht, denn die gibt's ja nur in deiner Phantasie. Aber das ist eine reine Spinnerei. Phantasieren ist leicht. Du mußt etwas Reales mitzuteilen haben, eine wirkliche Beobachtung, nicht so ein Hirngespinst wie das mit den drei lautesten Vögeln.«

»Gut, eine wirkliche Beobachtung, sagst du. Du bist auch ganz schön dick, da kannst du es leicht selber nachprüfen. Wenn du dich aufs Klosett setzt, so daß dein Hintern fast das ganze Loch ausfüllt, und dann kratzt du dich an den Backen oder auch nur oben am Schenkel, dann hörst du das ganz laut, richtig tönend. Dann stehst du auf und kratzt dich genau so und hörst fast gar nichts. Und warum? Weil die Klosettmuschel, wenn du drauf sitzt, wie eine Schalldose wirkt. Deshalb sind auch die verschiedenen Entleerungen im Sitzen viel lauter. Das könnte man benutzen, zum Beispiel auf einer Latrine, um eine ganze Kammermusik ...«

»Du fängst schon wieder zu spinnen an. Das war zwar am Anfang, soweit ich das beurteilen kann, wahrscheinlich eine wirkliche Beobachtung, und vielleicht sogar neu, wenigstens hab ich das noch nie gelesen oder davon gehört. Aber es muß schon etwas Ernsthafteres sein, eine gewichtigere Betrachtung, wenn sie Eindruck machen soll. Eine Spur von Weisheit müßte dabei sein, verstehst du?«

»Gut. Also: Das Leben zerfällt uns in seinem eigenen Verlauf in mehrere Stücke, fast wie ein Gefäß, das Sprünge bekommt oder zerbricht. Auch so lebt man weiter. Aber während man die Stücke eines Gefäßes wieder zusammenkleben kann, sind die Stücke unseres Lebens, wenn man sie wirklich alle wieder zusammenzufügen versucht, kein ganzes Leben mehr, sondern der Tod. Bist du jetzt zufriedener? – Wo bist du?«

»... haltet Euch an Worte!«

Natürlich glauben wir alle, daß wir oft, oder eigentlich immer, nach Worten suchen. Das ist aber eine von diesen wahren Lügen, die nur dazu dienen, uns durch Gewohnheit vergessen zu machen, was wirklich vorgeht. Aber zum Glück ist es noch nicht ganz vergessen, sondern kann uns leicht wieder einfallen. Ein*stürzen*, müßte man richtiger sagen, denn in diesem Fall ist es schon mehr als ein Fallen; vieles stürzt in einen hinein, von allen Seiten, und einiges stürzt auch ein, vielleicht noch nicht im wahrsten Sinne des Wortes, denn den erreichen wir nicht so schnell, aber doch in einem der wahren oder zumindest der wahreren Sinne.

Denn nun kann es endlich erwähnt werden, was das Wort bewahrt, oder auch, wovor uns das verwahrloste und zur Ware gewordene Wort nicht mehr bewahren kann. Wer schon einmal wirklich nicht nach Worten gesucht hat, sondern *ein* Wort gesucht hat, nur eines, das eine, der weiß schon etwas davon, wie diese Welt von Worten abhängt, ja meistens an ihnen hängt wie ein Gehenkter, weil natürlich das Wort sich nur selten noch rechtzeitig einstellt. Wer zum Beispiel an den Rand oder ans Ende einer Liebe gekommen ist und sich dieses Zustandes noch einigermaßen erinnern kann, der weiß, wie er sich nach dem einen richtigen Wort zermartet hat, von dem er wußte, es könne noch alles gut werden, wenn er nur dieses *eine* Wort finden könne. Er fand es nicht, aber er wußte, daß es dieses Wort geben mußte, ein einziges Wort nur. Auch alte Sagen und Geschichten, wie die von der Allgewalt eines richtigen und richtig ausgesprochenen Namens sind Reste eines in Vergessenheit geratenen Wissens, halbverwischte Spuren.

Dabei ist es fast einerlei, wo man anfängt. Da alles mit allem zusammenhängt, kann jedes Wort zum Angelhaken werden, an dem sich alles doch noch ans Licht ziehen und retten lassen könnte. Nur sind natürlich fast überall die *falschen* Redensarten vorherrschend geworden, oder eigentlich nicht vor- sondern nachherrschend, denn zuvor haben sie ja eben noch nicht geherrscht. So heißt es zum

Beispiel fast immer, die Zeit oder die Welt sei aus den Fugen, statt aus den Angeln, was selbstverständlich das einzig richtige Wort wäre. Das andere, Fugen, ist selbstredend einfach ein Unfug. Denn nur die Doppelbedeutung des Wortes Angel enthält den richtigen Hinweis, wie sie – die Welt und die Zeit – (was natürlich dasselbe ist, weil die eine nur in der anderen bestehen kann) noch zu retten wäre. Man kann angeln und das Gesunkene oder Verborgene wieder oder sogar zum ersten Mal ans Licht bringen, wie Maui mit dem Blut seiner eigenen Nase als Köder am Haken die Nordinsel Neuseelands, oder man kann etwas aus den Angeln heben, wie eine Tür, an der etwas dringend zu reparieren ist. Aus den Angeln *heben*, wohlgemerkt, nicht senken. Genau so wie das Angeln ist es eine Erhöhung, nicht eine Erniedrigung, und das Vertiefen des Angelhakens ist nur die notwendige Vorbedingung der Erhöhung. Außerdem klingt für den Wortkundigen dabei noch die Botschaft des Boten, des Engels als Angelusläuten mit.

Nun gibt es zwar ein Gedicht aus dem vorigen Jahrhundert, in dem heißt es:

> Die Welt mit ihrem Gram und Glücke
> Will ich, ein Pilger, frohbereit
> Betreten nur wie eine Brücke
> Zu Dir, Herr, übern Strom der Zeit.

Aber, ganz abgesehen davon, daß der Dichter selbst vielleicht schon vor sich zu warnen versucht hat, indem er sich als einen Taugenichts bezeichnet hat, die Untauglichkeit dieses Vergleiches wird schon dadurch klar, daß die Welt doch offenkundig keine Brücke sondern eine Tür ist, denn über eine Brücke könnte man hin und her gehen, während eine Türe hinter einem zuschlagen kann. Außerdem könnte man zwar allenfalls von einer Brücke aus angeln, aber nur eine Tür läßt sich aus den Angeln heben. So zeigt sich, daß viele entscheidende Worte sogar noch in ihrer durch häufigen Mißbrauch erstarrten oder wie ein altes Denkmal verwitterten Form etwas von ihrem wahren Wesen bewahren, eben wie ein Denkmal, worauf man manchmal auch gerade durch das Wort Denkmal, beziehungsweise, wenn es sich um Sprache handelt, durch ein Wort wie Sprachdenkmäler aufmerksam gemacht werden kann. Freilich zeigt sich gerade in einem Wort wie Sprachdenkmäler auch schon der Verfall, die Verwitterung, die Verwahrlosung in der häßlichen Mehrzahlbildung, die die andere bessere Form schon überwuchert hat. Denn sonst, wenn die Worte nicht schon so zermahlen wären, müßte es jedes Mal Male heißen, nicht Mäler. Die Denkzeichen und die Wiederholung eines Vorganges oder einer Lage in der Zeit dürfen nicht auseinandergerissen werden, wenn diese Welt nicht ganz und gar brüchig, also auch wortbrüchig werden soll. Umgekehrt macht natürlich das Brechen von Worten, der eigentliche Wortbruch, auch die Welt brüchig. Ganz abgesehen davon, daß die schönsten Denkmale der alten Zeit einst bemalt waren, nicht farblos, wie sie sich uns heute im allgemeinen Verfall zeigen, so daß das Wort Malen der richtig gebrauchten Mehrzahl noch eine weitere lebendige Bedeutung verleihen kann.

Das alles zeigt schon mehr als deutlich, wie sehr das richtige Wort uns mit echtem Sinn umgibt, ja zugleich umfängt und umfreit, wobei dieses Schweben zwischen Gefangensein im Wort und Befreiung durch das richtige Wort, ein Schweben, das schon im Wort Freier für den, der frei sein will, die Frau, die er liebt, zu umfangen, vorgeprägt ist. Aber genug davon! Die Zeit ist ungut, die Welt in Gefahr, nicht zuletzt durch Verwahrlosung der Worte. Da würde jedes weitere oder engere Wort zu weit führen oder es denen, die keine Engel sind, allzu leicht machen, uns in die Enge zu treiben und uns aus den Angeln zu heben. Mit einem Wort, jedes Wort zuviel wäre heller Wahnsinn.

Sich finden

Wie schön das klingt »Sich finden«, richtig nach Erfüllung. Und was da alles mitklingt: »Suchet, so werdet ihr finden. Klopfet an, so wird euch aufgetan«. Und so weiter.

Aber wie ist es wirklich für den, der sucht? Er findet sich. Ja, er findet sich, er findet sich immer wieder und wieder und wieder, auch wenn er einmal rasten möchte, auch wenn er endlich aufhören oder auch nur unterbrechen möchte. Und *wie* er sich findet? Meistens in Stücken, in Bruchstücken oder in zerbröckelnden Stücken, oder in Stücken, die sich faulig zersetzen oder doch so aussehen, als werde die Zersetzung gleich anfangen.

Und wenn er sich *ganz* findet, dann weiß er nicht mehr, wer er ist, er oder das, was er da gefunden hat. Und was heißt ganz? Ganz, aber tot. Ganz, aber in einem Zustand der Dumpfheit, aus dem der Gefundene nicht zu erwecken ist. Ganz, aber ganz zum Tier geworden, oder zu etwas Ärgerem, denn wenn wir sagen »tierisch«, tun wir den Tieren damit nur Unrecht. Ganz, und vielleicht sogar auch ganz bei Sinnen, aber bei Sinnen, die keinen Sinn mehr finden können, oder vielleicht nur den Sinn *noch nicht* finden können, aber was hilft das? Wenn man vergeht, *ehe* man ihn finden konnte, dann war es fast ganz, als hätte man ihn nicht *mehr* finden können. Und das ärgste ist, daß man, wenn man erst angefangen hat zu suchen, nicht mehr aufhören kann, auch nicht, wenn man längst weiß, daß die Worte »Suchet, so werdet ihr finden« eigentlich eine Warnung waren oder gewesen sein könnten.

Sprachregelungen

Wem die Schönheit unserer Sprache am Herzen liegt, der muß zutiefst bedauern, daß Sprachregelungen im allgemeinen unabhängig voneinander vorgenommen werden, und nicht nach einem sorgfältig von ästhetischen Erwägungen bestimmten Plan. Drei Beispiele mögen das hier klarmachen:

Vor einigen Jahren wurde etwas, was bis dahin »gezielter polizeilicher Todesschuß« geheißen hatte, im neuen Polizeigesetzentwurf umgetauft. Es sollte von nun an »finaler Rettungsschuß« heißen und wurde in Ländern, die diesen Gesetzentwurf annahmen, wie Bayern oder Rheinland-Pfalz, tatsächlich so genannt. Journalisten hatten in einigen Zeitungen, wie zum Beispiel der *Frankfurter Rundschau*, solange diese Blätter das wagten, den gezielten polizeilichen Todesschuß schon zuvor anders genannt, nämlich »Hinrichtung auf der Straße«, da er ja eine durch die Nichtwiedereinführung der Todesstrafe zwischen Rechtsstaat und Rechtsempfinden der sogenannten schweigenden Mehrheit der Staatsbürger klaffende Lücke schließen half. Aber diese polemische Bezeichnung hat sich nie eingebürgert. Wohl aber fand der finale Rettungsschuß seine sprachlichen Anhänger. Der Polizeipräsident von Nürnberg etwa bediente sich des neuen Ausdrucks gleich dreimal nacheinander in einem SPIEGEL-Interview, als eine Hundertschaft seiner Leute gegen Elisabeth van Dyck eingesetzt worden war, die beim Betreten ihrer Wohnung überrascht und erschossen wurde. In Notwehr, hieß es; die Schüsse saßen im Rücken. Wie immer dies zuging, es ist klar, daß die alte Bezeichnung »gezielter polizeilicher Todesschuß« einen Sachverhalt nur wertfrei festhält, während die verschönende, ja geradezu verklärende Bezeichnung »finaler Rettungsschuß« mit Recht auf die Endgültigkeit einer solchen Maßnahme hinweist und gleichzeitig begütigend andeutet, daß durch diese Art Endlösung auch der im Rahmen der Rechtsgemeinschaft lebende Bürger mit einem Schlag vor einem Gesetzesbrecher gerettet ist, es sei denn, er wäre wie der Schotte McLeod oder wie Manfred Perder durch einen unglückseligen Irrtum selbst der Erschossene.

Etwa ein Jahr später, wenn meine Untersuchungen mich nicht täuschen, kam dann das Wort »Freisetzung von Arbeitern« auf, das gebraucht wurde, wenn Betriebe geschlossen und die Arbeiter arbeitslos wurden. Diese Sprachregelung entsprach zweifellos der Erkenntnis, daß Arbeit nicht, wie die nationalsozialistischen Erfinder des Spruches »Arbeit macht frei« glaubten, frei sondern unfrei macht, daß also Entlassung und Arbeitslosigkeit ebenso der Weg zur Freiheit des Arbeiters ist, wie der Finale Rettungsschuß der Weg zur Rettung seiner Mitbürger.

Schließlich, abermals ein Jahr später, anläßlich der Räumung besetzter Häuser in Berlin, fiel mir eine dritte Sprachregelung auf. In die gewaltsam geräumten Häuser, deren Besetzer Wände frisch gestrichen und Fenster repariert hatten, um die Häuser bewohnbar zu machen, wurden von der für die polizeiliche Räumung verantwortlichen Behörde sogenannte *Bautrupps* geschickt. Die Bezeichnung ist insofern zutreffend, weil sich diese Trupps tatsächlich mit Arbeiten an den Bauten befaßten, in die sie entsandt waren. Sie verwüsteten sie nämlich so gründlich, daß fortan an Bewohnbarkeit nicht mehr zu denken war. Damit erfüllten sie nur ihren Auftrag.

Halten wir aber nun diese drei Sprachregelungen, »Finaler Rettungsschuß«, »Freisetzung von Arbeitern« und »Bautrupp« in ihrer zeitlichen Aufeinanderfolge nebeneinander, so fällt uns sofort auf, daß hier den Gesetzen der sprachlichen Ästhetik und Wirksamkeit nicht Genüge getan wurde. Die gewichtigste der drei neuen Bezeichnungen hätte sicherlich nicht als erste kommen dürfen, sondern hätte bis zuletzt aufgespart werden müssen, um einen für unser Sprachgefühl wirklich befriedigenden Steigerungseffekt hervorzurufen. Schwerer ist schon zu entscheiden, welche von den beiden anderen Bezeichnungen zuerst kommen sollte. Aber auch da wäre ich schon der Kürze wegen dafür, mit dem Bautrupp zu beginnen, und nicht mit der Freisetzung von Arbeitern, oder, wie man manchmal sagt »Freisetzung von Arbeitskräften«, die ja auch erst dann ihren höchsten Stand erreichen kann, wenn auch die

Arbeit der einstweilen noch in Bautrupps gebundenen und daher noch nicht freien Arbeitskräfte getan ist, so daß nach Räumung und Verwüstung aller besetzten Häuser nichts mehr für sie zu tun bleibt. Die sprachästhetisch schönste Reihenfolge würde also lauten: »Bautrupp, Freisetzung von Arbeitern, Finaler Rettungsschuß«, was aber auch mit einer markanten betonten Silbe endet. Die unvollkommene Wirklichkeit aber hat diese, von der Freude an sprachlicher Schönheit her zu fordernde Reihenfolge geradezu auf den Kopf gestellt und mit der Endlösung durch den finalen Rettungsschuß angefangen.

Hier sollte ich vielleicht noch erwähnen, daß ich vor kurzem von einer unserer Sprachregelungen, oder besser gesagt, von einer ihrer noch keineswegs erfolgten aber sehr gut vorstellbaren Neuregelungen geträumt habe. Es handelte sich bei diesem Traum um das für die umstrittene Lagerung atomarer Zerfallsprodukte vor einigen Jahren geprägte Wort »Entsorgung«. Mein Traum war ein Zukunftstraum, in dem die Techniker einer durch das Verrosten oder Zerfallen der ursprünglich für dieses radioaktive Material verwendeten Behälter in Mitleidenschaft gezogenen Menschheit Abhilfe zu schaffen hatten. Merkwürdigerweise lautete das Wort, das in meinen Traum vorkam, nicht Entsorgung, sondern Entsargung, weil das tödliche radioaktive Material ähnlich den Vampiren eines uralten Volksaberglaubens aus seinen Särgen auferstanden war. Vielleicht sollte das Traumwort aber auch andeuten, daß dadurch viele Menschen vor der Zeit eingesargt werden mußten, aber so genau kann ich mich meines Traumes nicht entsinnen.

Stil und Lebensstil

Zu sagen, daß das Erwachsensein und die sogenannte Reife wenig mehr sei als ein Bündel von faulen Kompromissen, in das auch die Angst vor dem Altwerden und nicht mehr Mithaltenkönnen eingebunden ist, eben die Angst, die man durch das Pochen auf sein Erwachsensein und seine Reife niederhalten will, ist gewiß löblich und für junge Menschen vielleicht sogar ermutigend und befreiend, aber eigentlich doch zu abstrakt, um viel zu verändern. Erst wenn man den Lebenslügen noch viel gewissenhafter nachspürt, namentlich den eigenen, beginnt die nützliche Arbeit. Die Erfahrung etwa, mit der sich der Romanschriftsteller bei gut scheinender Gelegenheit brüstet, seine nicht einmal mehr nur verschämt eingestandene Selbstsicherheit beim Formulieren seiner Sätze, ja bei der Wahl einzelner Worte, hat er sie nicht mit jener Abstumpfung gegen die wirklichen Möglichkeiten eines Wortes oder der Verbindung zweier Worte oder Wortteile bezahlt, die ihm das leichte Hinweggleiten über die Sprache, das er für seinen flüssigen Stil hält, überhaupt erst ermöglicht? Der Rennradfahrer oder gar der Motorradfahrer weiß genau, daß er seine souveräne Gleichgültigkeit gegen kleine Unebenheiten des Bodens in Wirklichkeit nur seinem Tempo verdankt. So schützt der flüssige, ja manchmal schon dünnflüssige Stil den Schreibenden zwar vor der Konfrontation mit dem Boden seiner Sprache, aber nur, indem er ihn zugleich der Möglichkeit beraubt, die Einzelheiten der Beschaffenheit dieses Bodens, und der von ihm zu fremd und nur wie auf der Flucht durchhasteten Landschaft noch kennenzulernen oder, wenn ihm plötzlich etwas im Weg ist, noch rechtzeitig anzuhalten, um ein Unglück zu vermeiden.

Durchgestrichen

Während ich einen kurzen Text, den ich einige Tage zuvor geschrieben hatte, dessen ich mir aber nicht wirklich sicher war, zu korrigieren oder noch zu ergänzen versuchte, fiel mir ein längeres Haar vom Kopf auf das Papier. Es lag da, nur wenig gekrümmt, schräg von links unten nach rechts oben über das Blatt hin.

ERICH FRIED, 1921 in Wien geboren, floh 1938 nach der Besetzung Österreichs nach England. Seit 1946 freier Schriftsteller. Übersetzungen aus dem Englischen, Hebräischen und Griechischen (Shakespeare, Dylan Thomas, T. S. Eliot, Sylvia Plath u. a.). Lebt in London.

Deutschland. Gedichte. London (Österr. PEN-Club) 1944
Österreich. Gedichte. London/Zürich (Atrium) 1945
Gedichte. Hamburg (Claassen) 1958
Ein Soldat und ein Mädchen. Roman. Hamburg (Claassen) 1960
Reich der Steine. Zyklische Gedichte. Hamburg (Claassen) 1963
Warngedichte. München (Hanser) 1963/64
Überlegungen. Gedichtzyklus. München (Hanser) 1964
Kinder und Narren. Prosa. München (Hanser) 1965
und Vietnam und. Einundvierzig Gedichte. Berlin (Wagenbach) 1966
Arden muß sterben. Operntext. London (Schott) 1967
Anfechtungen. Fünfzig Gedichte. Berlin (Wagenbach) 1967
Zeitfragen. Gedichte. München (Hanser) 1968
Befreiung von der Flucht. Gedichte und Gegengedichte. Hamburg (Claassen) 1968
Die Beine der größeren Lügen. Gedichte. Berlin (Wagenbach) 1969
Unter Nebenfeinden. Fünfzig Gedichte. Berlin (Wagenbach) 1970
Die Freiheit den Mund aufzumachen. 48 Gedichte. Berlin (Wagenbach) 1971
Gegengift. 49 Gedichte und ein Zyklus. Berlin (Wagenbach) 1974
Höre, Israel! Gedichte. Hamburg (Association) 1974
Fast alles Mögliche. Wahre Geschichten und gültige Lügen. Berlin (Wagenbach) 1975
So kam ich unter die Deutschen. Gedichte. Hamburg (Association) 1977
Die bunten Getüme. Siebzig Gedichte. Berlin (Wagenbach) 1977
100 Gedichte ohne Vaterland. Berlin (Wagenbach) 1978
Lysistrata (Freie Bearbeitung) Recklinghausen (Ruhr-Festspiele) 1979
Liebesgedichte. Berlin (Wagenbach) 1979
Lebensschatten. Gedichte. Berlin (Wagenbach) 1981
Zur Zeit und zur Unzeit, Gedichte. Köln (Bund) 1981
Das Unmaß aller Dinge, Erzählungen · Berlin (Wagenbach) 1982

Erich Fried

und Vietnam und
Gedichte. Mit einer Chronik. Quartheft 14. 72 Seiten. DM 9.80

Anfechtungen
Gedichte. Quartheft 22. 84 Seiten. DM 9.80

Die Freiheit den Mund aufzumachen
Gedichte. Quartheft 58. 72 Seiten. DM 9.80

Fast alles Mögliche
Wahre Geschichten und gültige Lügen. Quartheft 75/76. 144 S. DM 15.80

Die Beine der größeren Lügen / Unter Nebenfeinden / Gegengift
Drei Gedichtsammlungen. Quartheft 83. 168 Seiten. DM 16.80

Die bunten Getüme
Gedichte. Quartheft 90. 80 Seiten. DM 9.80

Liebesgedichte
Quartheft 103. 112 Seiten. DM 12.80

Lebensschatten
Gedichte. Quartheft 111. 112 Seiten. DM 12.80

100 Gedichte ohne Vaterland
Wagenbachs Taschenbücherei 44. 128 Seiten. DM 8.50

Kinder und Narren
Erzählungen. Wagenbachs Taschenbücherei 83. 160 Seiten. DM 9.–

Shakespeare-Übersetzungen
Jeder Band etwa 110-160 Seiten in flexiblem Leinen für DM 9.80

Richard II. / Heinrich V. – Viel Getu um Nichts / Die lustigen Weiber von Windsor – Antonius und Kleopatra / Perikles, Fürst von Tyrus – Ein Sommernachtstraum / Zwölfte Nacht oder Was ihr wollt – König Cymbelin / Zwei Herren aus Verona – Hamlet / Othello – Maß für Maß / Romeo und Julia – Troilus und Cressida / Timon von Athen.